孩子愛讀的**漫畫中國歷史**

中華五千年 故事 ④

《宋‧元‧明‧清》

幼獅文化　編繪

園丁文化

前言

看漫畫、讀故事、學歷史
妙趣橫生的閱讀之旅

　　歷史是人類成長的軌跡，記載着王朝的興衰、文明的進步。中國歷史走過了五千年的光陰，期間既有繁榮輝煌，也有曲折艱難，過去的歷史積澱，鑄成了今天燦爛的現代文明。

　　燦爛的中華文化是中華民族立足於天地的根。作為中華兒女，我們應當了解自己來自何方，了解自己的祖先曾經在神州大地上做過哪些事情、有過什麼貢獻。閱讀歷史，不僅僅是閱讀那些妙趣橫生的故事，更是以史為鑑：學習古人的智慧，提高自身的文化修養，體會中華民族自強不息、崇德重義、奮發圖強的精神，努力成長為創造歷史的人。

　　為此，我們特意編寫了這套《中華五千年故事》。這套書按照時間順序分為四冊，**第一冊**（上古、夏商周、春秋戰國、秦）從盤古開

天地到陳勝吳廣起義，**第二冊**（西漢、東漢、三國）從張良拜師到三國一統，**第三冊**（晉、南北朝、隋、唐、五代十國）從晉惠帝到周世宗，**第四冊**（宋、元、明、清）從陳橋兵變到辛亥革命，講述了中華民國建立之前發生的一個個精彩的歷史故事。本套書的漫畫吸取了連環畫的特點，具有獨特的中國韻味。全書採用可愛的漫畫造型，盡量還原真實的歷史場景，再配上親切有趣的文字，艱深的字都標注粵音，以精彩的圖文來幫助孩子更輕鬆地讀懂每一段歷史、認識歷史人物，培養愛國情懷，增強文化認同感和歸屬感，在歷史的不斷薰陶下獲得成長的力量。

閱讀歷史，讀懂歷史，尊重歷史，以史為鑑。希望孩子能從這套書中感受到中國歷史的魅力，學習到更多的文史知識，碰撞出思想的火花，更加熱愛我們的祖國和中華文化。

目錄

宋、元、明、清

陳橋兵變

後周大將趙匡胤（粵音：刃）通過陳橋兵變當了皇帝，改國號為宋，並定都開封，稱為「東京」。

1 周世宗臨終前將皇位傳給了七歲的兒子柴宗訓，是為周恭帝，並讓心腹大將趙匡胤輔佐周恭帝。

2 公元960年，文武百官正向周恭帝祝賀新年時，忽然傳來遼國聯合北漢大舉入侵的消息。

3 宰相范質、王溥（粵音：普）等人大驚失色，他們不分辨軍情的真假，就立即讓趙匡胤領兵前去抵抗。

4 趙匡胤領命後，調集人馬北上應戰。當大軍行至城外四十里的陳橋驛時，趙匡胤下令全軍就地紮營歇息。

5 當晚，軍營中有一個謀士說：「我前幾天觀察天象，發現天上有兩個太陽，這預示人間將有新天子出現。」

6 幾個將領悄悄聚集到一起討論這事。有人說趙匡胤說不定就是新天子，不如趁機將他推上皇位，其他人紛紛點頭贊成。

7 這時的趙匡胤喝醉了酒，正在營帳裏呼呼大睡。第二天，趙匡胤一覺醒來，聽到營帳外面吵吵嚷嚷的。

8 他剛走出營帳，幾個將領就擁上前來，七手八腳地將一件黃袍披在他身上。

9 趙匡胤一臉震驚，說：「這可是篡位謀逆啊，你們想害死我嗎？」

10 眾人紛紛跪下，七嘴八舌地說：「這都是天意，請你千萬不要推辭！」趙匡胤便不再拒絕，坦然接受眾人的跪拜。

11 趙匡胤被擁立為皇帝後，立即下令班師回朝，並立下軍令：軍隊返回京城開封後，秋毫不犯，否則按軍法處置。

12 朝中的大臣聽到兵變的消息，非常恐慌。有個叫韓通的將軍想組織兵馬鎮壓叛軍，卻被趙匡胤的部將暗殺了。

13 趙匡胤回到開封後，找來范質、王溥，流着淚對他們說：「我是受將士逼迫才這樣做啊！」

14 范質、王溥還沒來得及作聲，趙匡胤身邊的一個將軍就拔劍上前，說：「我倒要看看誰敢不答應這件事！」

15 范質、王溥嚇得心驚膽戰，撲通一聲跪倒在地，向趙匡胤高呼「萬歲」。

16 接着，朝中的官員也紛紛表示歸順。同年，趙匡胤舉行稱帝儀式，正式登上了皇位，成為北宋開國皇帝宋太祖。

17 宋太祖即位後，日子並不好過，先後有兩個節度使起兵造反。宋太祖親自領兵出征，平定叛亂，宋朝的統治才安定下來。

18 為了削弱手下將領的權力，在宰相趙普的建議下，宋太祖準備了一場「鴻門宴」。在宴會上，他百般暗示將領交出兵權。石守信、高懷德等將領明白了宋太祖的意圖，紛紛推說自己患病，辭去了官職。就這樣，宋太祖將權力集中到自己手中。

楊業抗遼

宋太宗趙光義是宋太祖的弟弟，他繼位後親率大軍消滅了北漢，收服北漢名將楊業。

1 楊業武藝高強，英勇善戰，在北漢時曾多次立下戰功。他幾乎每次帶兵打仗都能取勝，因而獲得了「楊無敵」的稱號。

2 楊業歸順宋朝後，宋太宗十分器重他，讓他擔任代州刺史，鎮守北方邊境。

3 有一年，遼國出動十萬大軍侵犯代州北面的雁門關。當時，楊業手下只有幾千騎兵，根本不是遼國大軍的對手。

4 楊業不與遼軍正面抗擊，而是帶領幾百騎兵，從小路繞到雁門關北邊，在敵人的背後發起攻擊。

5 遼軍沒有絲毫防備，一時間慌了神，嚇得四處逃散。楊業帶兵殺死遼國駙馬，還活捉了一名遼國大將。

6 楊業以少勝多打了勝仗，一下子在大宋軍中樹起了威望，而遼軍只要看到楊業的旗號，還沒開打就嚇得落荒而逃。

7 公元986年，宋太宗派出三路大軍攻打遼國，想要收復被遼國佔領的燕雲十六州。

8 楊業率領的西路軍很快就攻下了寰（粵音：環）、朔、應、雲四個州，可是東路軍卻吃了敗仗。

9 宋太決定全線撤退。為了籠絡民心，宋太宗命令西路軍帶上這四個州的百姓一起撤退。

10 在戰爭中轉移這麼多百姓並不容易。楊業想採用聲東擊西的方式，先假裝攻打應州，再迅速將百姓送到南方。

11 可是，監軍王侁（粵音：新）主張直接與遼軍交戰。楊業只好親自帶兵迎敵，讓主帥潘美在陳家谷做接應。

12 楊業率領的宋軍寡不敵眾，很快就被敵軍團團圍住了。他們從中午一直打到黃昏，只有一百多人突出重圍。

13 當他們來到陳家谷時，潘美並沒有按約定帶兵馬在那裏接應。楊業只好帶着部下繼續與遼軍抗爭。

14 最後，楊業的部下全都倒下了，他在殺死數百個遼軍後，也身負重傷被擒。楊業被俘後堅貞不屈，絕食三天而死。他英勇抗遼的事跡在民間流傳開來，被人們演繹出楊家將的故事。

畢昇發明活字印刷術

印刷術是中國古代四大發明之一，畢昇在雕版印刷的基礎上發明了活字印刷。

1 宋仁宗時期，有一個刻字工人叫畢昇。他是一個技術高超的工匠，專門負責書籍的刻印工作。

2 每天，畢昇把要印的書籍文字一個一個地反寫雕刻在木板上，這些刻好的木板叫做雕版。

3 接着，其他工匠在雕版表面塗上墨汁，將紙覆蓋在上面用力壓，一頁書就印好了。然後換下一塊雕版，印下一頁。

4 所有的雕版印刷完畢，一本書就印好了。這些雕版還能反覆多次印刷，比起人手抄寫快得多。

5 不過，畢昇發現每印一本書就要重新雕刻一次版，大量的雕版需要佔用很多地方，而且出現錯字也不容易更正。

6 有一天，畢昇下班回家，看見兩個兒子在院子裏玩遊戲，用泥做的鍋、碗、桌、椅等排來排去，玩得十分開心。

7 畢昇拿起一個泥碗看了看，突然有了靈感：用泥雕刻單字代替雕版，不就可以自由排版印刷書籍了嗎？

8 他找來規格統一的膠泥，在上面雕刻一個個單字。一些常用的字製作了一二十個，不常用的字則只製作一兩個。

9 泥字做好後，畢昇把它們放在火上燒製烤硬，並分類放在木格裏備用。

10 印刷時，他先在一塊四周有框的鐵板上面敷一層由松脂、蠟和紙灰混合的藥劑，再把需要的活字排進鐵板內。

11 畢昇把鐵板拿去烤，等藥劑熔化後就用木板把字面壓平。當藥劑冷卻凝固，泥字便固定在鐵板上，活字版就做好了。

12 活字版與雕版一樣，只要塗上墨汁，鋪上紙，再用刷子輕輕一刷，一版文字就清晰地印在紙上了。

13 印完後，只需把活字版放在火上烤，一個個的膠泥活字就很容易抖落下來，把它們收集在一起，下次又可以再用。

14 雖然製作活字需要時間，但是製成之後能隨時排版、印刷，這樣印書就快多了，即使發現錯誤也容易修正。

15 很快，畢昇發明的活字印刷就流傳開來。這種膠泥活字印刷術，被認為是世界上最早的活字印刷術。

鐵面無私的包拯

包拯是北宋有名的清官，他鐵面無私，斷案如神。

*歷史上的包拯，額頭並沒有月牙印記，這印記來自民間傳說，後來漸漸成為包拯的標誌性形象。

1 包拯二十九歲就考取了進士，但為了照顧年邁的父母，他毅然辭官，直到父母相繼去世後，才回到官場。

2 他在天長縣做知縣時，就以斷案如神聞名，特別是那起「牛舌案」，一直讓世人津津樂道。

3 那年，有個老農前來告狀，說自家的牛被人割了舌頭，要求官府儘快捉拿犯人。

4 經過一番調查，包拯料定是老農的仇家為了洩憤而割掉牛舌，於是讓老農回去把牛殺了賣掉。

5 當時，私自宰殺耕牛是犯法的。老農雖然納悶，但還是照包拯的意思做了。

6 不久，有人到衙門告發那個老農私自宰殺耕牛。包拯反問那人：「你為何割了人家的牛舌又要告人家的狀呢？」

7 那人聽了驚慌不已，當即認罪，向包拯招供了一切。這起案子終於真相大白。

8 幾年後，包拯升任端州知州。端州出產的硯台久負盛名，之前常有官員借進貢的名義搜刮端硯，用來討好權貴。

9 包拯上任後，力圖減輕百姓的負擔，嚴格按照進貢朝廷的數量徵收硯台，絕不多收一塊。

10 包拯任滿離開時，身上沒有一方端硯。臨別時，百姓出於感恩送他端硯，他也拒而不受，將那塊端硯投入湖中。

11 後來，包拯被調往京城，擔任監察史。任職期間，他直言不諱，不避權貴，而且嫉惡如仇。

12 那時候，張妃受寵，她的伯父張堯佐（堯，粵音搖）因此連連高升，擔任了多個重要的職位。

13 包拯與其他的御史堅持認為張堯佐的才能不足以擔當這些重要職位，多次力諫宋仁宗。

14 宋仁宗自知理虧，只好答應以後不再提拔張堯佐，並免去了張堯佐的兩個官職。

15 另一官員王逵（粵音：葵）在朝中有很大的勢力，無惡不作，還自以為沒人動得了他。

16 包拯知道後，先後七次上書指責王逵的滔天罪行，要求為民除害。宋仁宗最終罷免了王逵。

17 公元1057年，包拯被任命為開封府尹。開封是北宋的京城，權貴聚集，包拯並沒有畏縮，依舊嚴明執法。

18 有一年，開封府發大水，有條河道堵塞了，排不了水，導致兩岸的房屋全被淹沒，百姓叫苦連天。

19 包拯前去調查，發現權貴侵佔河道，用來修建花園，致使河道阻塞。

20 包拯便命他們立即拆除建築。有個權貴很不滿，拿着地契文書去開封府大鬧，要求賠償損失。

21 包拯當即派人進行實地丈量，結果發現地契是偽造的。那人怕事情鬧大，只好乖乖回去了。

22 包拯為百姓做了許多好事，被稱為「包公」和「包青天」，受到後人的無限敬仰，人們還編著了包拯審案的故事。

王安石變法

北宋中期，國勢衰弱，宋神宗繼位起用王安石，支持他變法改革，以促進國家發展。

1 王安石是宋朝著名的文學家和政治家，他從小喜愛讀書，二十二歲就考中進士，擔任了地方官。

2 有一年，王安石被調去浙江鄞縣（鄞，粵音銀）當縣官，正逢那裏旱災嚴重，百姓生活十分困難。

3 王安石一上任就興修水利，改善交通，將那裏治理得井井有條。

4 他還打開官倉，把糧食借給農民，要他們秋收後加上官定的利息償還。這樣，農民就不用付給地主高利息。

5 王安石當了二十年的地方官，幹了不少實事，深得百姓的愛戴，他的名聲也越來越大。

6 後來，王安石被調到東京做官。他向宋仁宋呈上一篇「萬言書」，提出了一系列改革措施。

7 宋仁宗才廢除了范仲淹的新政不久，一聽到要改革就頭痛，便把王安石的奏章擱在一邊不予理會。

8 王安石發現朝廷沒有改革的決心，自己跟一些大臣又合不來，於是他趁母親去世時辭去官職，回鄉歸隱了。

9 年輕的宋神宗即位後，想要找個得力的助手，幫助自己改革現狀，可是朝廷裏找不出一個能擔此重任的人。

10 宋神宗左思右想，終於想到了王安石。於是，他下了一道命令，召王安石立即回都城做官。

11 王安石一到都城，就被叫到宮裏與宋神宗單獨談話。宋神宗問他：「你覺得要治理好國家，該從哪兒下手呢？」

12 王安石立即答道：「變革舊的制度，建立新的法令。」宋神宗聽後很滿意，要他回去寫個詳細的改革意見。

13 第二天，王安石把意見書呈給宋神宗。宋神宗看了，發現很合心意，便更加信任王安石，還任命他為副宰相。

14 一年後，王安石被提升為宰相，他任用一批年輕的官員，設立專門制定新法的機構，陸續頒布了一系列新法令。

15 新法令對鞏固朝廷統治、增加國家收入起了積極的作用，但是也觸犯了官僚地主的利益，遭到許多朝臣的反對。

16 公元1074年，一個官員畫了一幅「流民圖」呈給宋神宗，說河北旱災是王安石變法造成的，要求撤了王安石的職。

17 宋神宗的祖母曹太后和母親高太后也常常在他面前哭哭啼啼，訴說天下被王安石搞亂了，要他停止實施新法。

18 宋神宗看到反對變法的人越來越多，心裏慢慢動搖了。最後，他罷免了王安石的宰相職位。

19 公元1085年，宋神宗去世，宋哲宗趙煦（粵音：許）即位後任用反對變法的司馬光為宰相，王安石的新法都被廢除了。

宋江起義

北宋末年，官吏四處徵收苛捐雜稅，百姓走投無路，紛紛起來反抗宋朝的統治。

1 公元1100年，宋徽宗（徽，粵音輝）趙佶即位，他極度荒唐，生活奢侈，很快就將國庫的財富揮霍光了。

2 於是，宋徽宗派大臣朱勔（粵音：免）到江南一帶，搜刮民間的奇花異石和珍品，無數百姓傾家蕩產。

3 朱勔用船把搜刮得來的石、花等物品運往都城，每十船組成一綱，稱為花石綱。運輸途中，沿途百姓受盡騷擾。

4 梁山泊是黃河決口形成的湖泊，周圍住着不少百姓，靠打魚和採蒲葦生活，但宋徽宗強行把梁山泊收歸公有。

5 打魚和採蒲葦的百姓每年要向官府交納繁重的租稅，大家實在交不出稅，只好跑到地勢險要的梁山做了土匪。

6 在官府的沉重剝削下，其他地方的百姓也紛紛來到梁山，落草為寇。

7 梁山上很快就聚集了好幾千人，其中包括數十位武藝高強的英雄好漢。

8 有一天，英雄好漢聚在一起，商議今後的出路。他們推舉平日裏受人尊敬的英雄宋江做頭領，帶領大家與朝廷對抗。

9 好漢們佔據了梁山的有利地形，利用彎彎繞繞的湖泊水路做保護，每次都將前來鎮壓的官兵打得落花流水。

10 後來，起義軍打出梁山，到山東、河北、蘇北一帶打擊官僚地主。他們四處流動作戰，讓官兵疲於應付。

11 這時，南方的方臘也率領農民起義了。有人向宋徽宗獻計說：「陛下何不招降宋江，叫他去打方臘？」

12 宋徽宗聽了非常高興，任命海州地方官張叔夜去鎮壓和招降宋江。張叔夜得知起義軍在海州奪得了十幾艘大船，便預先埋下伏兵，引誘起義軍在海邊作戰，並點燃起義軍的大船。

13 起義軍被團團圍住，走投無路，宋江只得率領起義軍向朝廷投降，起義失敗了。

14 宋江被招降之後，梁山泊的另一些起義軍仍然堅持與官府鬥爭。當金國南下攻宋時，他們還向金軍發起過攻擊。

阿骨打建立金國

阿骨打是女真族一個部落的首領，他帶領女真族擺脫遼國的控制，建立了金國。

1 公元11世紀末，女真族的完顏部統一了黑龍江和烏蘇里江流域。這個部落酋長的兒子叫阿骨打，本領高超。

2 女真族每年要向遼國進貢大量的金銀珠寶和獵鷹海東青，但是隨着部落逐漸強盛，他們對遼國的控制越來越不滿。

3 公元1112年，遼國天祚帝（祚，粵音做）到春州巡視，女真族各部落的酋長都去朝見，少年阿骨打也跟着父親去了。

4 在朝見宴會上，天祚帝乘著酒興，命酋長們一個個輪流跳舞。輪到阿骨打時，他推說不會跳舞而拒絕了。

5 天祚帝感覺很丟臉，事後想找個藉口殺了阿骨打，在大臣蕭奉先的再三勸阻下才打消這個念頭。

6 第二年，阿骨打當上了酋長，他積極修建城堡，刻苦訓練兵馬，決心帶領女真族人擺脫遼國的控制。

7 公元1114年，阿骨打率領二千五百名女真軍出征伐遼。遼將沒有防備，被阿骨打一箭射死，其他人嚇得狼狽奔逃。

8 天祚帝得知消息，立刻派十萬大軍鎮壓。阿骨打率女真軍迎敵，又打了場勝仗，還得到了許多馬匹和財物。

金太祖

9 公元1115年，阿骨打在會寧正式稱帝，史稱金太祖，國號大金。

10 金太祖稱帝後，第一件事就是攻打遼國的要地黃龍府。天祚帝想跟金國講和，金太祖不答應，要天祚帝投降。

11 天祚帝惱羞成怒，親自率數十萬大軍來到黃龍府，修築營壘，挖掘壕溝，準備抵抗，沒想到還是被打得大敗而逃。

12 遼軍連續打了敗仗的消息傳到宋徽宗耳中，宋徽宗決定利用這個機會，收復被遼國佔領的燕雲十六州。

13 宋徽宗派人與金國協商，約定聯合滅掉遼國後，北宋收回燕雲十六州，把每年送給遼國的銀、絹，如數轉送給金國。

14 金兵按約定向南進攻，接連攻下遼國的四座城池，只留下燕京，讓宋軍去攻打。

15 宋徽宗派童貫為統帥，出兵攻打燕京。沒想到宋朝的軍隊十分腐敗，和遼軍一接觸就打了敗仗。

16 童貫為了逃避兵敗的罪責，偷偷派使臣去金營，請求金兵攻打燕京。

17 金軍很快就打下了燕京，卻不肯把它歸還給宋朝。童貫只好答應每年給金國一百萬貫錢，這才贖回了燕京。

18 公元1123年，金太祖在從燕京回國的路上意外病死，他的弟弟完顏晟（粵音：成）繼位，史稱金太宗。

19 金太宗早就看穿了宋朝的腐朽，因此他滅了遼國後，又發兵南下，開始打宋朝的主意。

靖康之難

靖康（靖，粵音靜）年間，宋徽宗和宋欽宗（欽，粵音陰）兩代皇帝都當了金國的俘虜，史稱「靖康之難」。

1 公元1125年，金太宗派軍大舉南下。金兵分東、西兩路，西路軍由完顏宗翰率領，東路軍由完顏宗望率領。

2 西路軍進攻太原，遭到太原守軍的堅決抵抗。東路軍進攻燕京，燕京守將投降，並帶着金軍直奔都城東京。

3 消息傳來，宋徽宗嚇得半死，慌亂之中把皇位傳給了太子趙桓（粵音：援），自己則帶着一夥寵臣逃到南方去了。

④ 趙桓在驚慌失措中繼了位，他就是宋欽宗。宋欽宗也沒有對付金軍的辦法，只好召集羣臣商議。

⑤ 宰相白時中和李邦彥勸宋欽宗放棄京城南逃，兵部侍郎李綱卻堅決反對。宋欽宗見李綱有心抗金，便命令他守衛都城。

⑥ 李綱親自率領軍民，僅用三天時間就做好了守城準備。當金軍來到城下，用幾十條火船順流而下，準備發起火攻時，李綱的兩千名敢死隊士兵很快就把火船打沉了。

7 金國見都城防守堅固，便提出議和。這正合宋欽宗的心意。於是他馬上派人去金營，接受了屈辱的條件。

8 李綱極力反對割地賠款，主張跟金人拖延談判時間，只等四方援兵一到，就可以反攻，但沒人肯聽他的。

9 為了繳納賠款，朝廷拚命搜刮京城百姓的金銀，好不容易才把金軍打發走了。

10 金軍撤退以後，宋欽宗以為天下從此太平，宋徽宗也高高興興地回到了都城。他們仍然像以前一樣過着奢侈的生活。

11 李綱看到這種情形，非常擔憂，他多次上書，請求朝廷做好防禦工作，防止金兵再來侵犯。

12 但是，朝中投降派當權，他們不但不理睬他的意見，反而處處排擠他。最後，宋欽宗把李綱貶到南方去了。

13 金太宗聽說李綱被罷官，高興極了。公元1126年，金太宗再次派大軍南下，入侵北宋。

14 各地宋軍聞訊紛紛趕來保衛都城，但是投降派一心想議和，便命令這些軍隊撤回去。

15 金軍很快就殺到都城，城中守軍很少，援軍又被遣散，城門一下就被攻破了。金軍佔領都城後，在城內四處搜刮錢財。

16 公元1127年，金軍要宋欽宗親自到金營去議和。宋欽宗一去就被扣押了，沒過幾天，宋徽宗也被押送到金營。

17 金太宗下令把宋徽宗和宋欽宗貶為平民，還把他們和其他皇親國戚、朝臣等三千多人送到金國當奴隸。

18 北宋王朝就這樣滅亡了。當時，宋朝的皇族中，只有宋徽宗的第九子趙構領兵在外，逃過一劫。

岳飛抗金

岳飛是南宋抗金的名將，他率領的岳家軍是一支令金軍聞風喪膽的勁旅。

1 公元1127年，趙構在南京應天府登基稱帝，史稱宋高宗。為了與之前的宋朝區別，歷史上稱這個政權為「南宋」。

2 面對不斷南侵的金軍，宋高宗只知道逃跑，百姓也跟着朝廷輾轉避難，受盡了戰亂的煎熬和家破人亡的痛苦。

3 宋高宗逃到明州後，乘船下海。金軍是北方人，不習慣乘船，只好放棄追趕。他們在明州搶奪一番後，向北方撤退。

4 南宋的愛國軍民對金軍的侵略非常氣憤。駐守鎮江的宋將韓世忠率領部下，向撤退的金軍發起突襲。

5 只有八千人的宋軍在黃天蕩把十萬金軍打得狼狽而逃。當金軍逃到建康時，又遇到了宋將岳飛。

6 岳飛是河南湯陰人，從小就熟讀兵書，二十歲便參軍了。在軍隊中，岳飛立下不少戰功，很快被升為將領。

7 他所率領的軍隊被稱為「岳家軍」，岳家軍紀律嚴明，戰鬥力強，當時在金軍中流傳着一句話：「撼山易，撼岳家軍難！」

8 這天，岳飛在牛頭山設下埋伏，給逃離黃天蕩的金軍沉重一擊。金軍死傷無數，倉皇逃回北方。

9 公元1140年，金軍再次南下。不到一個月，就佔領了南宋大片土地，南宋面臨覆滅的危險。

10 緊急關頭，宋高宗派岳飛前去抵抗。岳飛立即調兵遣將，迎戰金軍。沒多久，宋軍就打退金軍，奪回了被他們佔領的城池。

11 金軍統帥兀朮（粵音：屹術）（漢名完顏宗弼）聽說宋軍將領是岳飛，便派最得意的騎兵部隊「拐子馬」對付他。

12 岳飛不慌不忙，派步兵持刀衝入馬陣，專砍馬腿，一下子就讓拐子馬失去了戰鬥力。宋軍乘機衝殺，金軍大敗。

13 岳家軍一路北上，收復了許多失地。在距離東京開封府四十五里的朱仙鎮，老百姓用牛車拉着糧食慰勞岳家軍。

14 岳家軍勝利在望，岳飛高興地鼓勵部下說：「大家努力殺敵吧！等我們直搗黃龍府，再一起痛飲慶功酒。」

15 正當岳飛想要乘勝奪回開封時，宰相秦檜（粵音：繪）鼓動宋高宗與金國議和，並以宋軍立即撤軍作為議和條件。

16 宋高宗也擔心抗金力量太大會威脅自己的統治，因而同意秦檜的議和建議，要岳飛立刻退兵。

17 秦檜知道很難改變岳飛的抗金決心，於是先將韓世忠等另外幾路抗金大軍的統帥調回，然後再要岳飛的孤軍班師回朝。

18 為了召回岳飛，宋高宗在一天之內發出十二道金牌。岳飛萬般無奈，悲憤地說：「十年努力，如今毀於一旦！」

19 韓世忠和岳飛被召回臨安後，秦檜讓宋高宗封韓世忠為樞密使，岳飛為副樞密使，名義上升了官，實際上是被奪了兵權。

20 秦檜一心想議和。他收到兀术派人送來的信，要他一定殺掉岳飛才同意議和。

21 沒過多久，秦檜把岳飛抓進了牢獄。他們查不出岳飛的罪證，只好捏造事實，做了偽證來誣陷岳飛。

莫須有。

22 韓世忠為岳飛抱打不平，當面問秦檜是否有證據給岳飛定罪，秦檜吞吞吐吐地說：「莫須有（也許有）。」

23 就這樣，一代抗金名將岳飛因「莫須有」的罪名，死在了宋高宗和秦檜的陰謀之下，年僅三十九歲。

陸游臨終留詩

陸游是南宋著名的愛國詩人，他一生都反對朝廷投降，希望能夠光復失地。

1 公元1125年，陸游出生了，然而不久便發生了「靖康之難」。陸游的父親被免了官職，被迫帶着全家往南遷移。

2 從小就飽受流離之苦的陸游，對國家遭受的災難感到痛心，很早就立下報效國家的志向。

3 公元1153年，二十九歲的陸游在科舉考試中得了第一名。在第二年的複試中，陸游仍然獲得第一名。

④ 然而他的文章中有收復中原的內容，而且排名又在秦檜的孫子秦塤（粵音：圈）前面，結果被秦檜除掉了名字，還禁止他做官。

⑤ 公元1162年，宋孝宗趙昚（粵音：慎）即位，他起用主戰派老將張浚（粵音：俊）為樞密使，準備北伐，收復中原。

⑥ 秦檜死後才被授予官職的陸游被調任樞密院的編修官，他向張浚提出了許多收復失地、改革政治的主張。

⑦ 但是北伐很快失敗了，主和派的大臣趁機向宋孝宗說了張浚不少壞話。結果張浚被免職，陸游也被罷了官。

8 公元1170年，陸游被朝廷重新起用，前往四川做官。他寫了《入蜀記》六卷，記錄入川路上的見聞。

9 兩年後，陸游結識了軍事將領王炎，因此過上了軍旅生活。這段經歷更激發了他的愛國熱情，創作了許多相關詩篇。

10 後來，王炎被朝廷召回，陸游經過幾番輾轉後，在鎮守四川的著名詩人范成大手下當了參議官。

11 范成大和陸游本身是好朋友，所以范成大並不把陸游當下屬看待，可是其他人卻排擠陸游，批評他行為放縱。

12 陸游聽了，不以為然，索性給自己起了個別號叫「放翁」，以示自己不屈的意志。後來，人們就稱陸游為「陸放翁」。

13 在隨後的三十多年裏，由於陸游堅持抗金，反對議和，因此得不到重用，他只好把愛國熱情寄託在詩歌創作上。

死去原知萬事空，
但悲不見九州同。
王師北定中原日，
家祭無忘告乃翁。

14 公元1210年，八十五歲的陸游因病去世。臨終前，他仍對恢復中原念念不忘，留下傳誦千古的詩歌《示兒》。

15 陸游為人們留下了豐厚的思想和文化遺產，包括九千三百多首詩作，以及大量的詞和文章。

一代天驕成吉思汗

當南宋與金國鬥來鬥去時,北方的蒙古族慢慢強大起來。成吉思汗(粵音:寒)鐵木真統一蒙古各部族,建立了蒙古汗國。

1 乞顏部是蒙古族一個強大的部落,部落首領叫也速該。他生了一個兒子,取名鐵木真。

2 在鐵木真九歲那年,也速該被塔塔兒部設計害死。失去首領的乞顏部很快散了夥,鐵木真的家境漸漸衰落。

3 一夥遺棄鐵木真一家的人,害怕鐵木真長大後向他們報仇,就想殺了他。鐵木真得到消息,連忙和家人四處逃命。

4 鐵木真長大後，為了恢復父親的事業，想盡辦法找回了乞顏部失散的親屬和百姓，勢力慢慢壯大起來。

5 鐵木真有個結拜兄弟叫札木合，他是另一個部落的首領。札木合不能容忍乞顏部重新壯大，便想打敗鐵木真。

6 公元1190年，札木合集合了十三個部落的三萬人馬攻打鐵木真。鐵木真同樣率領三萬人馬，分十三路迎戰，但戰敗了。

7 札木合把戰俘全都殺掉，引起了部下的不滿。他們紛紛脫離札木合，投奔鐵木真。想不到鐵木真打了敗仗，實力卻更強了。

8 強大起來的鐵木真決定為父報仇，他與金國聯手夾擊，把塔塔兒部打得全軍覆沒。

9 此後，鐵木真又經過幾次戰鬥，先後打敗了札木合部、泰赤烏部、克烈部等蒙古部落，將他們一一收服。

10 公元1204年春天，鐵木真召開大會，商量討伐乃蠻部。雖然有人反對，但多數人同意趁對方不防備時馬上進攻。

11 鐵木真於是進兵討伐乃蠻部。乃蠻部首領太陽罕糾集了蔑兒乞、斡亦剌等部的兵力應戰，聲勢很大。

12 鐵木真騎着戰馬，和乃蠻軍廝殺起來，一直戰到傍晚，才分出勝負。這一戰中，太陽罕被擒殺，鐵木真大獲全勝。

成吉思汗

13 在與各部落的爭鬥中，鐵木真漸漸統一了蒙古。公元1206年，蒙古國建立，鐵木真被推舉為大汗，尊稱「成吉思汗」。

14 成吉思汗即位後，組建了一萬四千名的禁衛部隊，制定法律法規，建立政治制度，使蒙古國逐步走向強盛。

15 但是金國仍然把蒙古國當作她的附屬國，要成吉思汗進貢。成吉思汗立志要改變這種屈辱的地位。

16 成吉思汗一邊開展軍事行動，消滅乃蠻等部落的殘餘勢力，一邊積極做着伐金的準備。

17 公元1211年，成吉思汗親率大軍進攻金國，只用了三年時間就把金國打得被迫求和，金國從此衰落。

18 雄心勃勃的成吉思汗率領彪悍的蒙古騎兵，一路西征，佔領了中亞大片土地，蒙古國國力也達到了鼎盛。

19 公元1227年，征戰一生的成吉思汗病死在出征途中。他的子孫繼續戰鬥，建立元朝，並結束了南宋對中原的統治。

文天祥 正氣浩然

狀元文天祥因得罪奸臣賈似道（賈，粵音假）而被罷官，直到南宋快要滅亡時才被重新起用。

1 公元1275年，元朝大將伯顏率大軍進逼京城臨安，朝廷急忙下詔，要各地派兵守衛京城，可是各地幾乎沒有人回應。

2 這時，文天祥拿出自己的全部財產，召集了一批義軍，趕去臨安救急。

3 文天祥帶兵來到臨安後，卻遭到投降派的刁難，最終未能上前線殺敵。

4 當時，宋恭帝年幼，國事由他的祖母謝太后主持。她見元軍兵臨城下，朝內又無可抵抗的兵力，就派人到元營求和。

5 伯顏指定只跟宋朝丞相談判。可宋朝的丞相有的被抓了，有的逃走了，謝太后只好任命文天祥為副丞相，派他前往。

6 文天祥臨危受命，帶着使者來到元軍大營。他一見伯顏，就表達了南宋將與元朝抗爭到底的決心。

7 伯顏非常惱怒，將文天祥囚禁起來，下令讓別的使者先回去跟謝太后商量。

8 謝太后得知文天祥拒絕投降的消息後，改任賈餘慶為副丞相，到元營去求降。

9 伯顏接受降表後，告訴文天祥南宋朝廷已另派人來投降。文天祥氣得大罵，可是南宋投降一事已成事實。

10 公元1276年，伯顏率兵佔領臨安，伯顏命人將謝太后、宋恭帝和文天祥當做俘虜押往元大都。

11 途經鎮江時，文天祥趁元軍不注意，和幾個隨從連夜逃脫。他們乘小船到了真州，然後經揚州到溫州，最後來到福州。

12 文天祥積極招募兵馬，組織抗元，但因為寡不敵眾，又被元軍抓住了。

人生自古誰無死，留取丹心照汗青。

13 元朝大將張弘范屢次勸降文天祥，文天祥堅決不肯，還寫了一首詩表明心志：「人生自古誰無死，留取丹心照汗青。」

14 元世祖忽必烈聽說文天祥是個難得的人才，便親自召見他，說只要歸順元朝，就封他做丞相，但文天祥還是拒絕了。

15 元世祖將文天祥囚禁了幾年，可是民間有幾千義士常常揚言要救出文丞相。元世祖為絕後患，最終下令處死文天祥。

馬可波羅遊中國

元朝疆域遼闊，經濟繁榮，許多西方國家的商人前來中國從事貿易活動，馬可波羅是其中最有名的一個。

1 馬可波羅是威尼斯人，他的父親和叔父在元朝建立以前就來過中國，還受到了忽必烈的熱情接待。

2 他們回國後，把東方之行的所見所聞說給馬可波羅聽，馬可波羅因而對中國產生了濃厚的興趣，下決心要親自去見識一下。

3 公元1271年，十七歲的馬可波羅跟隨父親和叔父，開始了前往中國的旅程，同行的還有兩名傳教士。

4 途中，兩名傳教士害怕路途艱難，不肯繼續前行。馬可波羅與他的父親和叔父則沿着古老的絲綢之路，走了四年來到中國。

5 到達中國後，他們一起拜見了元世祖忽必烈。元世祖非常高興，特意舉行宴會招待他們。

6 馬可波羅很聰明，很快就學會了蒙古語和漢語。元世祖很賞識他，下令讓他到全國各地去巡視。

7 對於馬可波羅來說，這可是一個難得的好機會，他因此走遍了中國的山山水水，遼闊而美麗的中國把他徹底征服了。

8 回到元朝都城大都後，馬可波羅就把每一處的風俗、地理、人情等情況詳細地向元世祖匯報。元世祖聽了非常滿意。

9 馬可波羅在中國待了十七年。這期間，他在揚州做過官，還奉命出使過越南、蘇門答臘等國。

10 公元1292年，馬可波羅受元世祖委託，護送蒙古公主前往波斯成婚。他們完成使命後，轉路回去威尼斯。

11 後來，威尼斯和鄰國熱那亞發生戰爭，馬可波羅為保家衛國積極參戰，結果被敵人抓住，關進了監獄。

12 監獄裏的人聽説馬可波羅去過神秘富饒的中國，便請他給大家講中國和東方的故事。

13 每當馬可波羅滔滔不絕地講述時，獄友魯斯梯謙就一邊聽，一邊用筆記錄下來，最終寫成了《馬可波羅遊記》。

14 舉世聞名的《馬可波羅遊記》打開了歐洲人的眼界，引起了他們對古老的東方文明的嚮往。

15 頻繁的中西交流，使中國的指南針、活字印刷、火藥等傳到了歐洲，阿拉伯的天文學、數學、醫學知識也開始傳入中國。

紅巾軍起義

元朝最後一個皇帝元順帝即位後，奢侈腐敗，老百姓忍受不下去，不斷起義。

1 河北有個農民叫韓山童，他和劉福通等人以宣傳白蓮會的形式，組織農民造反，並散播謠言說元朝天下即將大亂。

2 碰巧的是，公元1344年後，河南、山東境內的黃河連年決口，大片房屋、土地被淹，百姓流離失所。

3 朝廷強徵十五萬人去修理河道。民工被迫拼命幹活，還要遭受治河官吏的剝削剋扣和任意打罵，大家都怨聲載道。

4 韓山童認為這是起義的時機，便派幾百名白蓮會的人去做民工，在工地上傳播「石人一隻眼，挑動黃河天下反」的民謠。

5 接着，他派人鑿了一個單眼石人，並在石人背上刻上「挑動黃河天下反」，再把它埋在即將開挖的河道裏。

6 當這個石人被挖出來時，民工都認為是上天要他們反抗元朝，於是紛紛奔走相告，很快十幾萬民工都知道了。

7 為了得到更多人的擁護，劉福通建議韓山童打出恢復宋朝的旗幟。韓山童便自稱本姓趙，是宋徽宗的第八代孫子。

8 他們還召集一批骨幹人員，秘密聚在一起，歃血立誓：同舉義兵，推翻元朝！這些人還約定頭裹紅巾作為標誌。

9 可是起義大事還沒商量完，就有人走漏了消息。官府派兵偷偷襲來，韓山童被捕遇難，劉福通等人僥倖逃走。

10 劉福通逃到潁州城（潁，粵音泳）後，馬上召集農民發動起義。因為起義軍頭上裹着紅巾，歷史上稱之為「紅巾軍」。

11 大批河工和流民紛紛投奔劉福通的隊伍，紅巾軍一下子發展到十幾萬人。他們所向無敵，連續攻下了十多座城池。

12 江淮一帶的農民早就受到白蓮會的影響，聽到劉福通起義，紛紛響應。一支又一支的紅巾軍在全國各地組建起來。

13 面對聲勢浩大的紅巾軍，朝廷驚慌失措，匆忙派軍隊來圍剿。但是此時的元軍已經腐敗不堪，與紅巾軍一交手就敗下陣來。

14 接下來的兩三年裏，元軍與紅巾軍不停地交戰，紅巾軍不但沒有被鎮壓下去，反而越來越壯大。

15 公元1355年，劉福通在亳州（亳，粵音博）擁立韓山童的兒子韓林兒稱帝，國號宋。各路紅巾軍都接受宋的領導。

16 軍政大權實際掌握在劉福通手中，他將紅巾軍兵分三路北上伐元，一度取得了很大的進展。

17 劉福通親自率領大軍攻下了汴梁（汴，粵音辯），並將這裏作為宋政權的都城。這時，紅巾軍的反元鬥爭達到了頂峯。

18 然而，由於紅巾軍力量分散，加上不能長久有效地佔領所攻取的土地，北伐大軍在元軍的反撲下最終失敗了。

19 公元1363年，劉福通在戰爭中犧牲。各路起義軍開始各自為政，不再聽從韓林兒的號令，起義烈火漸漸熄滅下來。

布衣皇帝 朱元璋

在元朝末年的農民起義中，朱元璋是一位傑出的統帥，最終推翻了元朝，建立明朝。

1 朱元璋原名朱重八，出生在濠州鍾離縣一個窮苦的農民家庭。他從小就給村裏的地主放牛，以求三餐溫飽。

2 朱元璋十七歲時，濠州爆發了嚴重的蝗災和瘟疫，父母染病後相繼去世，他為了討口飯吃，只好到廟裏當了和尚。

3 可是廟裏的情況也不樂觀，沒過幾天，大家連粥也喝不上了，和尚們只好一起去外面討飯吃。

4 朱元璋跟着其他和尚一路流浪,去了不少地方。他因此對百姓的疾苦有了更深的了解,眼界也漸漸開闊起來。

5 三年後,朱元璋回到了廟裏。後來,他聽說郭子興在濠州城裏舉旗起義,再三考慮後決定去投奔。

6 郭子興跟朱元璋一談話,就發覺他聰明伶俐,便馬上叫他脫下袈裟,換上士兵服裝,把他留在身邊當了親兵長。

7 郭子興還把養女嫁給朱元璋,這位姑娘聰明賢德,成為朱元璋的賢內助。

8 濠州的紅巾軍共有五個元帥，其他四個元帥合夥排擠郭子興。有一次他們還把郭子興扣押了，想要謀害他。

9 郭子興的家屬和部將焦急如焚，只有朱元璋沉着鎮定，他利用元帥間的矛盾，使計將郭子興解救回營。

10 朱元璋有感於起義軍的幾個元帥胸襟狹窄，在他們手下幹事，成不了什麼氣候，就想組建一支屬於自己的隊伍。

11 朱元璋徵得郭子興同意後，便回到家鄉招募兵馬。不到幾天時間，就有七百多人來投靠他。

12 在這些人中，有朱元璋少年時的玩伴徐達、郭英、周德興等人，他們後來成了他南征北戰的好幫手。

13 隊伍組建起來了，朱元璋帶着他們奮勇殺敵，一連打了幾場勝仗，招降了好幾萬元軍，實力迅速壯大。

14 在定遠有個叫李善長的文人，他慕名來投奔朱元璋。朱元璋聽說他擅長計謀，就留他在起義軍裏當謀士。

15 不久，郭子興病死，朱元璋獨掌兵權。他率軍大破元朝水軍，佔領集慶，將集慶改名應天，作為自己的根據地。

16 當時,其他各路起義軍首領紛紛稱王,朱元璋沒有像他們那樣高調行事,只是默默地壯大自己的力量。

17 後來,朱元璋打敗漢王陳友諒,又消滅誠王張士誠以及其他一些割據勢力,統一了南方。

18 接下來,朱元璋任命徐達為征虜大將軍,常遇春為副將軍,率領二十五萬將士北伐,想要徹底推翻元朝的統治。

19 公元1368年,朱元璋在應天即位稱帝,建立明朝,史稱明太祖。這年夏天,徐達率領的大軍攻佔了元大都,元朝滅亡。

朱棣裝瘋奪皇位

明太祖朱元璋在位期間，幾乎殺光了開國的功臣宿將，卻沒想到他自己的親人發生了奪權慘禍。

1 明太祖一生養育了眾多子女，除了太子朱標以外，其他二十四個兒子都被分封為親王，鎮守在全國各地。

2 朱標很討明太祖的喜歡，可沒等到繼位就病死了。明太祖把朱標的兒子朱允炆（粵音：蚊）立為皇太孫，作為繼承人。

3 各親王都不服皇位的繼承權落到姪兒手裏，特別是燕王朱棣（粵音：第），他戰功累累，對朱允炆很不服氣。

4 公元1398年，七十一歲的明太祖駕崩。年輕的朱允炆即位，改年號建文，史稱明惠帝，也叫建文帝。

5 當時，京城裏四處傳謠，説幾位親王聯合起來，準備謀反。建文帝連忙找大臣黃子澄來商量。

6 黃子澄分析説：「陛下可用皇權削弱親王的兵權。不過，當下燕王的兵力最強，不好對付，不如先從其他親王下手。」

7 建文帝採納了這個建議。在一年之內，他以謀反的罪名先後廢除了五位親王。

8 朱棣見五位親王相繼出事，他想造反卻擔心準備得不夠充分。為了爭取時間，他決定裝瘋賣傻，成天胡言亂語。

9 建文帝派使臣去探病，大熱天裏朱棣卻坐在火爐邊烤火，嘴裏還不停地叫冷。使臣回報後，建文帝相信朱棣真的瘋了。

10 大臣齊泰卻懷疑朱棣裝瘋，於是從燕王府抓來一個軍官，審問後發現朱棣即將起兵造反。

11 齊泰一邊派人將燕王府圍起來，一邊派北平都指揮張信去逮捕朱棣，還約定燕王府的一些官員當內應。

12 不料，張信是朱棣的人。朱棣接到張信的告密後，馬上把府裏充當建文帝內應的官員全抓起來，宣布起兵。

13 朱棣很快就佔領了整個北平，但他知道公開造反對自己不利，就找個起兵的理由，説要清除皇帝身邊的奸賊。

14 建文帝聽説朱棣造反了，趕緊調集軍隊前去討伐。軍隊出發前，他叮囑不能殺死朱棣，以免自己背上殺害叔父的罪名。

15 這個命令束縛了將士的手腳，好幾次都讓朱棣在絕境中死裏逃生。

16 公元1402年，朱棣率領的軍隊在淮北遇到了朝廷派出的南軍，雙方打得激烈，最後燕軍發起突襲，打到了應天城下。

17 這時，建文帝只好派人向朱棣求和，說他願意把長江以北的地區劃給朱棣，但遭到了朱棣的拒絕。

18 過了幾天，守衛京城的大將李景隆打開城門投降。朱棣直奔皇宮，卻發現宮裏已經燃起熊熊大火，建文帝也不見了。

明成祖

19 朱棣終於奪得皇位，成為明朝的第三任皇帝，史稱明成祖。公元1421年，明成祖遷都北京。

鄭和下西洋

明成祖派鄭和帶使團出海，增強與各國的聯絡，宣揚國威，順便探聽建文帝的下落。

1 明成祖還是燕王時，太監鄭和就跟在他身邊了。不過那時，鄭和還是個名叫馬三保、不起眼的小太監。

2 馬三保成年後精明能幹。他在明成祖起兵反建文帝時，立過大功，因此被賜姓名鄭和，並升為內官監太監。

3 明成祖即位後一直有個心病，那就是建文帝到底有沒有死。京城裏傳說紛紛，他暗中派人四處打探，卻都沒有消息。

83

4 後來,明成祖心想,建文帝會不會跑到海外去了呢?於是,他便派人去海外宣揚國威,順便探聽建文帝的下落。

5 明成祖思來想去,最後決定派有些軍事才能的鄭和出使西洋。鄭和很欣喜,表示一定竭盡全力完成任務。

6 為了順利完成任務,鄭和精心選拔了一批士兵、水手、航海技工、醫生和翻譯作為隨行人員。

7 與此同時,鄭和還讓各大船廠為自己的使團打造適合遠洋航行的船隻。

8 經過幾年的緊張籌備，公元1405年，一箱箱絲綢、瓷器、茶葉、布匹等名產被運上船後，鄭和率領二萬七千多人，分乘六十多艘海船，浩浩蕩蕩地從江蘇太倉劉家港出發，正式開始了第一次西洋之行。

9 出使團首先到訪占城國。鄭和向占城國王宣讀明成祖的詔書，還送給國王很多中國名產。國王很高興，同意派遣使者回訪。

10 接著，出使團又訪問了爪哇、舊港、蘇門答臘、錫蘭、滿剌加、古里等國家和地區，都受到了熱情的接待。

11 鄭和的船隊經過舊港時，遇到了一夥海盜。海盜首領陳祖義假裝向鄭和示好，暗地裏卻準備趁夜偷襲。

12 不過，鄭和早就識破了陳祖義的陰謀，他暗中命令船隊左右散開，形成一個伏擊圈。

13 半夜，海盜乘坐幾十艘小船準備偷襲。他們一進伏擊圈，鄭和就立刻下令讓周圍的大船駛過來，把海盜船團團圍住。

14 經過一番激戰，海盜全部被殲滅。陳祖義無處可逃，只能束手就擒。

15 公元1407年，鄭和的出使團回到中國。鄭和向明成祖介紹出使各國的情況，隨船回訪的使者送上各種珍貴的禮物。

16 鄭和雖然沒有打聽到建文帝的確切下落，但是明成祖對他出使西洋的成績非常滿意，特地書寫碑文，樹碑紀念。

17 後來，鄭和又六次奉命下西洋，先後訪問了亞洲和非洲三十多個國家，最遠的一次到達了非洲東岸。

18 鄭和的七次遠航，宣揚了先進的中華文明，加深了亞非各國人民的友好往來。直到現在，許多國家還流傳着三保太監的事跡。

土木堡之變

明英宗朱祁鎮（祁，粵音期）繼位後，寵信太監，結果在土木堡被俘虜，史稱「土木堡之變」。

1 朱祁鎮當太子時，身邊有個太監叫王振。王振是山西蔚州人，讀過幾天書，又很會玩，因而深得朱祁鎮的喜歡。

2 公元1435年，九歲的朱祁鎮繼位，史稱明英宗。明英宗任命王振為司禮監，幫助他批閱奏章，自己則繼續玩樂。

3 很快，王振就掌握了朝廷的軍政大權，甚至可以自己任命兵部尚書。一些王公貴戚拼命討好他，甘願做他的乾兒子。

4 這時，北方的瓦剌部落逐漸強大起來。公元1449年，瓦剌首領也先親自率領騎兵進攻大同，大同守軍很快戰敗。

5 明軍失利後，明英宗便召集大臣商量對策。大同離蔚州不遠，王振想保住在家鄉置辦的田產，便主張明英宗帶兵親征。

6 明英宗想起他的曾祖父、父親都親征過，且有着輝煌的戰功，於是他不顧其他大臣的勸阻，同意了王振的建議。

7 他任命王振做統帥，率領五十萬大軍倉促北上。不料，途中天降大雨，糧草也供應不上，不少士兵凍死、餓死在行軍路上。

8 這支軍隊好不容易才到達大同，可士兵一看到前鋒部隊失利，就嚇得亂成一團。王振感到情況危急，只好下令退兵。

9 王振想繞道帶皇帝去家鄉蔚州炫耀一下。但走到半路，他又命令軍隊轉向東邊撤退，原來他擔心軍隊會踩壞自家的莊稼。

10 退兵的時間就這樣被耽誤了，瓦剌軍很快追上來。明軍一邊抵抗，一邊敗退，一直退到土木堡。

11 很快，瓦剌軍包圍了整個土木堡。土木堡裏面沒有水源和食物，明軍被困了兩天後飢渴難耐，明英宗只好派人向也先求和。

12 也先假裝答應議和，可是等明軍離開營地四處找水喝時，瓦剌兵突然從四面八方衝殺過來。

13 明軍嚇了一跳，慌亂突圍，卻連續幾次都沒衝出去。平時作威作福的王振，這時候卻害怕得直發抖。

14 禁軍將領樊忠早就恨透了王振，便掄起大鐵錘結束了他的性命。樊忠又衝向瓦剌軍，為了突圍而拚盡了最後一口氣。

15 明英宗眼看脫逃沒有希望，盤着腿坐在地上等死。瓦剌兵趕上來，俘虜了明英宗。這次事件之後，明朝元氣大傷。

青天海瑞入獄

明世宗朱厚熜（粵音：聰）即位後，沉溺於求仙問藥，不理朝政，當時朝廷的貪污腐化風氣很嚴重。

1 海瑞是海南瓊山人，從小家裏生活貧苦，三十多歲中了舉人後，做過縣裏的學堂老師，後來又被調到浙江淳安做知縣。

2 到了淳安，海瑞公正辦事，不管什麼疑難案件都一件件查得水落石出，從不冤枉好人，當地百姓都稱他是「青天」。

3 他還帶頭廢除官員許多濫收的費用，嚴格執行迎來送往不許鋪張浪費、不許贈送禮物的規定。

4 有一次，御史鄢懋卿（粵音：煙貿兄）到江南視察，他表面叫地方官員不要送禮，暗地裏卻要吃山珍海味，收受好處。

5 聽說鄢懋卿要來淳安，海瑞寫信問他是從簡接待，還是按其他官員那樣大擺筵席。鄢懋卿氣得發抖，索性不去淳安了。

6 還有一次，浙江總督胡宗憲的兒子胡公子路過淳安，住在縣裏的驛館。他嫌驛館招待不周，叫隨從將驛吏吊起來鞭打。

7 衙役慌慌張張地跑到縣衙稟報。海瑞聽完差役的報告，便帶着衙役來到驛館，將胡公子和他的隨從抓回去審訊。

8 胡公子仗着父親的官勢，暴跳如雷。海瑞拍着驚堂木說：「大膽，你如此猖狂，肯定是冒充胡公子的，必須嚴辦！」

9 於是，海瑞寫了一封信，說有人假冒胡公子，並連人一起送到杭州，請胡宗憲發落。

10 胡公子回到杭州向父親哭訴，不過胡宗憲是啞巴吃黃連，有苦說不出，只好把兒子臭罵了一頓。

11 後來，海瑞被調到京城任戶部主事，對明世宗的昏庸和朝廷的腐敗情況，見得更多了。海瑞看不去，便寫了一道奏章直諫。

12 他知道奏章呈上去就會招來殺身之禍，因而先遣散了家人，又給自己買了棺材，安排好後事，才把奏章呈進宮去。

13 果然，明世宗看了奏章後又氣又恨，他把奏章扔在地上，跟左右侍從說：「快把這個傢伙抓起來，別讓他跑了！」

14 宦官黃錦對明世宗說：「海瑞為官清廉，他自知觸犯陛下活不成，已經安排好後事，不會逃的。」

15 明世宗還是下旨把海瑞抓起來。不過，兩個月後明世宗駕崩，海瑞從牢獄中被釋放出來，又恢復了官職。

戚繼光抗倭

明世宗時，東南沿海防衞空虛，日本海盜乘機騷擾那一帶，他們被稱為「倭寇」（粵音：窩扣）。

1 戚繼光出身於將門世家，十七歲時承襲父職，入軍當了指揮。後來，他的官職越來越大，負責山東沿海的防衛工作。

2 公元1553年，在漢奸汪直、徐海的引導下，大批倭寇在浙江、江蘇沿海登陸，他們對幾十個城市進行搶掠。

3 由於官兵征剿不力，東南沿海一帶的倭患越演越烈，倭寇出沒無常，海防形同虛設。

④ 倭寇越來越猖狂，明世宗只好派軍隊去圍剿。名將俞大猷（粵音：猶）帶兵抵抗，一連打了好幾場勝仗。

⑤ 可是當地的奸商和貪官陷害抗倭有功的浙江總督張經，俞大猷也受到牽連，被送進了監獄。

⑥ 這樣一來，倭寇更囂張了。明世宗只好把戚繼光從山東調到浙江，讓他負責平定東南沿海的倭寇。

⑦ 戚繼光到任以後，發現那些明軍紀律鬆散，訓練不精，根本不能夠打仗，於是他決定招募新軍。

8 不久，他張榜招兵，在當地挑選了三千個身強體壯、吃苦耐勞的農民和礦工，組建了一支新軍。

9 他還親自教大家使用各種長短兵器，演練陣法。只花了短短幾個月的時間，他便將這支新軍打造成訓練有素的隊伍。

10 戚繼光帶着這支新軍抗擊倭寇，取得了輝煌的戰果，百姓親切地稱他們為「戚家軍」。

11 在戚家軍的打擊下，倭寇吃了敗仗，只好轉移地方，跑到福建沿海去作亂，戚繼光也跟着南下福建抗倭。

12 戚繼光很快在寧德城外的橫嶼島找到了倭寇的老巢。橫嶼島四周水道較淺，不能行大船；水退後又泥濘不堪，很難行走。

13 戚繼光親自調查了橫嶼島的地形，制定出作戰方案。他讓戚家軍每人帶着一捆乾草，到橫嶼島對岸待命。

14 到了晚上退潮以後，他們把乾草拋到泥灘上，鋪出一條路，然後神不知鬼不覺地登島，將島上的一千多名倭寇全部消滅。

15 此後，戚繼光又率領戚家軍四處圍剿倭寇，打了很多勝仗。禍害東南沿海數十年的倭寇終於被掃平了。

李時珍寫《本草綱目》

明朝有一位傑出的醫學家叫李時珍，他花了畢生精力寫成了《本草綱目》一書。

1 李時珍是蘄州（蘄，粵音期）人，祖父和父親都當過大夫。他從小受父親影響，不但認識各種藥草，還知道它們的用途。

2 不過，李時珍的父親並不希望兒子做醫生，而是想他讀書參加科舉考試，謀個一官半職。

3 沒想到，李時珍幾次參加鄉試都沒有考上，他便放棄考科舉做官的念頭，一心跟隨父親學醫。

4 很多勞苦鄉親沒錢看病，李時珍總是免費為他們治療。

5 李時珍也常常替當地的王公貴族看病。那些貴族家裏藏有不少書籍，李時珍靠行醫看病之便，向他們借書看。

6 這樣一來，李時珍不僅醫德高尚，醫術也越來越高明。那些被他治好的病人，到處宣揚他，他很快就在家鄉出了名。

7 一天，楚王的兒子得了抽風*的病，王府的醫官束手無策。楚王聽說李時珍醫術高明，連忙派人請他來看病。

*抽風：肌肉不受控的抖動。

8 李時珍來到楚王府，先看了看孩子的臉色，又診過脈，確定這種抽風病是腸胃不適引起的，馬上開了藥方。

9 管家拿着藥方去藥舖抓了藥，熬給孩子喝下，病很快就好了。

10 楚王十分高興，挽留李時珍在楚王府住下來。過了不久，碰上朝廷太醫院徵求名醫，楚王將李時珍推薦上去，做了醫官。

11 可是明世宗對醫學並不重視，還迷信道教，在宮裏煉丹吃藥，妄想長生不老，而太醫院的醫官也整天談論丹藥的事。

12 李時珍多次反對煉丹，說朱砂等藥物有劇毒，吃了對身體有害，但沒人肯聽他的。他在太醫院待了一年，就辭官回家了。

13 回家後，李時珍一邊栽種各種藥物，研究它們的藥用性質，一邊越加勤奮地研究醫學專著和各種文化典籍。

14 李時珍還經常出遠門，跑遍全國各地採挖藥草，訪問藥農，以驗證古代醫書上記載的內容。

15 他花了近三十年時間，終於寫出了中國醫學巨著《本草綱目》，書中共記載了近一千九百種藥，收集了一萬多個藥方。

努爾哈赤建後金

金國滅亡後，女真族又分裂成許多部落。到了明朝後期，努爾哈赤將它們統一，建立了後金。

1 隨着明朝的政治越來越腐敗，邊防也越來越鬆弛，東北地區的一個女真部落——建州女真逐漸強大起來。

2 努爾哈赤出生在建州女真的一個貴族家庭。他十歲時失去了母親，繼母對他不好，因而小小年紀就學會了獨立。

3 他膽大心細，喜歡騎馬射箭，還常常和大人一起去山裏打獵、挖人參、採山貨，再拿到撫順城裏賣掉。

4 在撫順城，他結識了許多漢人，學會了漢語，他還讀過《水滸傳》、《三國演義》等名著，從中學了不少知識。

5 那時，明朝朝廷在吉林綏芬河（綏，粵音須）流域建立了三個衞所，還封當地女真部落的酋長為衞所官員，管理建州女真。

6 努爾哈赤的祖父覺昌安和父親塔克世先後做了建州左衞的官員。努爾哈赤長大後則在明朝遼東總兵李成梁部下當兵。

7 努爾哈赤二十五歲那年，建州女真部落的土倫城城主尼堪外蘭，帶領明軍攻打古勒寨的城主阿台。

8 阿台是覺昌安的孫女婿，覺昌安和兒子塔克世正巧來探望。誰知碰上明軍攻打古勒寨，混戰中他們兩人都被殺死了。

9 祖父和父親突然身亡，努爾哈赤悲痛欲絕。為了平息努爾哈赤的怒火，朝廷讓他接替父親，擔任建州左衛指揮。

10 努爾哈赤惹不起明軍，只好找尼堪外蘭算賬。他找出父親的十三副鎧甲，發給手下的勇士，率領他們攻打土倫城。

11 努爾哈赤本領高強，作戰勇猛，尼堪外蘭根本不是他的對手，很快就被打敗了，只得棄城而逃。

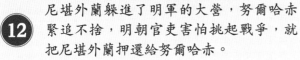

12 尼堪外蘭躲進了明軍的大營，努爾哈赤緊追不捨，明朝官吏害怕挑起戰爭，就把尼堪外蘭押還給努爾哈赤。

13 努爾哈赤殺了尼堪外蘭，並佔領了土倫城。此後他的勢力越來越強，陸續打敗了其他幾個部落，統一了建州女真。

14 海西、野人等女真部落害怕努爾哈赤會吞併自己，便聯合蒙古等九個部落，一起攻打努爾哈赤。

15 努爾哈赤十分鎮定，他在敵軍進攻必經的路上埋下伏兵，又派人往路旁的山崖上準備好滾木和石塊。

16 當九部聯軍的主帥指揮三萬大軍，浩浩蕩蕩地來到古勒山時，還沒擺開陣勢就遭到一百名精銳騎兵的襲擊。聯軍主帥瞬間喪命，聯軍頓時軍心大亂。這時，山上的滾木和石塊又劈頭蓋臉地砸下來，打得聯軍四處逃竄。

17 幾年後，努爾哈赤基本統一女真各部。他把女真人編為八個旗，建立了八旗制度，平時種地打獵，戰時打仗。

18 女真在努爾哈赤的治理下日益強盛，軍事力量也壯大起來。公元1616年，努爾哈赤登上汗位，定國號為大金，史稱後金。

皇太極施反間計

努爾哈赤建立後金,與明朝分庭抗禮。他率軍佔領了遼東大部分地區,卻在一次戰鬥中身受重傷,含恨而死。

1 努爾哈赤去世後,皇太極繼承汗位。皇太極野心勃勃,加緊練兵,準備像努爾哈赤一樣開拓後金的版圖。

2 公元1627年,皇太極親自統領大軍,進攻錦州,企圖引誘鎮守寧遠的袁崇煥(粵音:換)來救錦州,然後偷襲寧遠。

3 寧遠是明朝在關外的軍事重鎮。袁崇煥一眼就識破了皇太極的陰謀,只派出四千騎兵前去增援錦州,他自己卻堅守寧遠。

4 果然，袁崇煥的四千騎兵還未出發，無法攻克錦州的皇太極就已經領軍朝寧遠城殺來了。

5 袁崇煥鎮靜自若，親自登上城頭，指揮作戰，把敵軍打得落荒而逃。

6 袁崇煥打了勝仗，可是不但功勞被宦官魏忠賢奪去，還因沒有親自去救錦州而被怪罪。袁崇煥有口難辯，只好辭官。

7 後來，朱由檢繼位，年號崇禎（粵音：晶），史稱明思宗。崇禎帝鏟除了魏忠賢一黨，還準備重新起用袁崇煥。

8 崇禎帝將袁崇煥召到京城，任命他為兵部尚書，指揮河北、遼東的軍務，還賜給他一口尚方寶劍，特許他可以方便行事。

9 袁崇煥重新回到寧遠，選拔將才，整頓隊伍，加強訓練，將寧遠、錦州的防線築得牢不可破。

10 皇太極打了敗仗，當然不肯甘休，他率領幾十萬大軍，從防守比較薄弱的龍井關、大安口繞到河北，直逼明朝京城北京。

11 在後金軍到達北京前，袁崇煥率先領軍趕回了北京。他向崇禎帝表達自己保衛京城的意願，崇禎帝大受感動。

12 一些魏忠賢的餘黨卻造謠説袁崇煥勾結皇太極，把後金軍引到了北京。崇禎帝本就多疑，聽到謠言也就起了疑心。

13 很快，後金軍殺到了北京城外。袁崇煥的部隊拚死奮戰，又用火炮轟打後金軍的駐地，後金軍死傷千餘人。

14 後金軍損失慘重，皇太極只得撤退。一天，軍隊修整時，手下抓了兩個明朝太監回來。皇太極見了，眉頭一皺，計上心來。

15 夜裏，兩個太監聽見營帳外的後金士兵在悄悄話，得知袁崇煥勾結皇太極，準備造反。

16 這兩個太監吃了一驚，趁看守他們的人不注意，偷偷逃跑了。一回到宮裏，他們就向崇禎帝告發袁崇煥。

17 其實這是皇太極故意設下的圈套，崇禎帝卻信以為真，也不聽袁崇煥的辯解，派錦衣衛將他綁起來，關進了大牢。

18 第二年，無辜受冤的袁崇煥被崇禎帝下旨處死，皇太極不費吹灰之力就除掉了一個勁敵。

19 後來，皇太極對後金進行了一系列改革，並把瀋陽改名為盛京，在盛京稱帝，又改國號為大清，史稱清太宗。

闖王李自成

明朝末年，政治腐敗，國庫空虛，加上連年災荒，終於爆發了聲勢浩大的農民起義。

1 公元1628年，陝西鬧了一場大饑荒。老百姓沒糧食吃，餓得連草根樹皮也吃光了，地方官吏仍然不停地催租逼稅。

2 農民李自成很講義氣，借債替人交了欠稅。後來，他還不到債項，被官府抓起來拷打，捆綁在太陽底下曝曬。

3 百姓實在看不下去，就一哄而上，砸開了李自成身上的鐐銬。

④ 李自成沒法留在家鄉，便到甘肅當兵。公元1629年，士兵要求發放被拖欠的軍餉，軍官不加安撫反而毆打領頭人。

⑤ 李自成一怒之下殺了軍官，分了縣府的庫銀，隨後帶領士兵宣布起義。

⑥ 當時陝西已有多股起義的農民軍，其中勢力最強的是自稱「闖王」的高迎祥，李自成帶着隊伍投靠高迎祥。

⑦ 李自成打仗驍勇，高迎祥十分賞識他，讓他擔任一個隊的將官，從此大家把他叫作「闖將」。

8 李自成隨高迎祥轉戰陝西、山西、河南、湖北等地，打了多場勝仗。朝廷非常恐慌，連忙調集各省大軍圍剿。

9 為了對付官軍圍剿，高迎祥與其他十二路起義軍的頭領在河南滎陽（滎，粵音形）開會，商議對策。

10 這時，李自成站起來說：「形勢雖然危急，但我們還有十萬大軍。不如兵分幾路，分頭出擊，突破敵軍的圍剿。」

11 大家都贊成李自成的想法。於是，起義軍兵分幾路，有的拖住敵軍，有的機動作戰，隨機應變。

12 高迎祥、李自成等人率領一支起義軍，直奔朱元璋老家鳳陽。他們很快攻佔鳳陽，還挖了皇室的祖墳。

13 崇禎帝龍顏大怒，下旨處死了鳳陽巡撫楊一鵬，並千方百計要消滅高迎祥的起義軍。

14 公元1636年，高迎祥率領隊伍進攻西安時，遭到陝西巡撫孫傳庭的伏擊，高迎祥在激戰中被捕犧牲。

15 起義隊伍不能沒有主帥，大夥兒推舉闖將李自成為新的闖王。李自成繼續率領隊伍在陝西、四川及甘肅一帶作戰。

16 崇禎帝命令總督洪承疇、巡撫孫傳庭專門圍剿李自成。公元1638年，官軍在潼關附近設下埋伏，殺得起義軍措手不及。

17 經過連日拚殺，幾萬名起義軍犧牲，只有李自成和其他十七個人殺出重圍，逃到了陝西東南部的商洛山中。

18 官軍到處搜捕李自成，但都沒有消息，認為他已經戰死。這時期，其他各路起義軍也都遭到官軍的圍剿，傷亡慘重。

19 朝廷這才鬆了口氣，以為平息起義軍，於是將洪承疇、孫傳庭調去抗擊清兵，沒想到這給了李自成一個喘息的機會。

20 公元1640年，李自成捲土重來，率領起義軍向河南進攻。翌年，他攻陷洛陽，殺死了福王朱常洵（粵音：詢）。

21 一天，叫李岩的年輕人前來投奔李自成。他針對起義軍的弱點，建議李自成整頓軍隊紀律、減免窮人賦税，以贏得民心。

22 李自成聽取了他的建議，派兵守衛打下的城池，並整頓軍隊的紀律，提出均田免賦的口號，開始建設農民軍的政權。

23 公元1643年，李自成率軍攻陷潼關，殺死了孫傳庭。第二年又佔領西安，並在那裏建立政權，國號大順。

吳三桂引清兵入關

李自成建立大順政權後，最終目標是打到北京去，推翻明朝統治，建立全國性政權。

1 公元1644年，李自成率領大軍向北京進軍。當大順軍衝進紫禁城時，崇禎帝心灰意冷，在煤山上吊，明朝滅亡。

2 李自成下令收繳明朝官員的錢財。一位叫吳襄（粵音：商）的官員被捕入獄，他家產被抄，家中女眷也被強佔了。

3 吳襄的兒子吳三桂駐守寧遠一帶，聽說京城告急，急忙救駕。然而，才到山海關，他便聽到崇禎帝自殺的消息。

④ 吳三桂只得暫時在山海關駐紮下來。就在他猶豫是否投降給李自成時，他收到父親吳襄的勸降信。

⑤ 吳三桂決定到北京投降。路上，他遇到幾個從京城逃出來的官員，得知大順軍不僅抓了他父親，還搶了自己的姬妾陳圓圓。

⑥ 吳三桂怒火中燒，命令大軍退回山海關。他給清軍統帥多爾袞（粵音：滾）寫了一封信，希望借清軍鎮壓大順軍。

⑦ 多爾袞收到吳三桂的求救信後，高興得不得了，馬上親自率領十多萬清軍火速趕往山海關。

8 吳三桂不僅打開了山海關的城門迎接清軍，還宰殺了白馬，與多爾袞歃血為盟，共同商量對付大順軍的辦法。

9 李自成得知吳三桂勾結清軍入關，大為震怒，立即率領二十萬大順軍，前去討伐吳三桂。

10 很快，大順軍就與吳三桂的叛軍相遇了，雙方展開激烈的廝殺，打得難分難解。

11 突然，埋伏在後邊的清軍衝殺出來，將大順軍夾在中間。大順軍猝不及防，不由得軍心大亂，李自成只得下令撤退。

12 回到北京後，李自成帶去的二十萬大軍只剩下三萬。他在皇宮裏匆匆舉行了登基儀式，就帶着軍隊逃往西安。

13 大順軍走後，多爾袞很快率領清軍進入北京城。沿途許多已經歸順大順軍的城池投降了清軍和吳三桂。

14 公元1644年，多爾袞將順治帝接到北京，並將北京定為清朝京城，確定了清朝在中國的統治。

15 第二年，清軍追到西安，大順軍抵擋不住，撤退到湖北。幾個月後，李自成在混戰中被殺，起義宣告失敗。

鄭成功收復台灣

鄭成功驅逐了荷蘭侵略者，收復祖國寶島台灣，是我國歷史上傑出的民族英雄。

1 崇禎帝死後，一些明朝大臣在福州擁立唐王朱聿鍵即位，稱為隆武帝，建立隆武政權，他一心要興師北伐。

2 掌握軍權的將軍鄭芝龍卻心懷不軌，他暗中投降清朝，導致隆武政權很快就被清軍消滅了。

3 鄭芝龍的兒子鄭成功志向堅定，不願跟着父親投降，便跑到廣東、福建交界處的南澳島上，招募了一支幾千人的隊伍。

④ 清軍派鄭成功的弟弟帶着父親的親筆信來勸降，鄭成功不為所動，給父親回信說忠孝不能兩全，堅持要抗清。

⑤ 公元1659年，鄭成功聯合抗清將領張煌言，統領十幾萬大軍北伐，江南許多州縣也紛紛回應起義。

⑥ 鄭成功率軍來到南京城下，卻中了清軍守將郎廷佐的奸計，被清朝援軍偷襲，損失慘重，他們只好退回廈門。

⑦ 清軍採用封鎖的辦法，想把他們困死在廈門。鄭成功將目光投向了福建對岸的台灣，想把那裏作為抗清根據地。

8 當時台灣已被荷蘭侵略者霸佔了三十多年，他們修建了台灣、赤嵌（粵音：憾）兩座城堡，壓迫剝削台灣人民。

9 鄭成功下令打造船隻、籌集糧草，為收復台灣做準備。

10 在荷蘭侵略者手下做翻譯的何廷斌（粵音：奔）求見，表示台灣人民想要驅逐侵略者，還送上一張台灣軍事布防圖。

11 鄭成功收復台灣的決心更堅定。公元1661年，他率領兩萬五千名將士、幾百艘戰船，從金門出發，進軍台灣。

12 荷蘭侵略者得知消息後非常恐慌,他們一邊派人守護城堡,一邊在港口沉下許多破船,企圖阻擋鄭軍登陸。

13 不過,在何廷斌的指引下,鄭軍趁漲潮時,從一條荷蘭人沒有設防的狹窄航道進港,順利登上島。

14 台灣百姓得知鄭軍來了,送水送糧,非常熱情。鄭成功迅速布署軍隊,將荷蘭侵略者盤踞的赤嵌城包圍起來。

15 駐守台灣城的荷蘭人調來一艘軍艦支援赤嵌城。鄭成功指揮戰船發射火炮,將軍艦炸沉了。

16 荷蘭人又調了兩百多名支援軍，從陸上趕過來。鄭軍很快將他們消滅了一大半，剩下的敵軍倉皇逃回了台灣城。

17 赤嵌城的荷蘭侵略者得不到援助，處境不妙。這時，鄭成功又切斷赤嵌城的水源，結果城裏的侵略者便投降了。

18 盤踞台灣城的侵略者企圖頑抗，等待救兵。鄭成功將他們圍困八個月之後，準備強攻。侵略者走投無路，只好投降。

19 公元1662年，鄭成功在軍營裏舉行了受降儀式，荷蘭侵略者頭目在投降書上簽字之後，離開了台灣。

康熙除鰲拜、平三藩

康熙帝在位六十一年，打了無數勝仗，其中包括除鰲拜（鰲，粵音熬）、平三藩。

1 公元1661年，順治帝去世，才八歲的玄燁（粵音：業）即位，稱為康熙帝，並由鰲拜等四個大臣輔政。

2 鰲拜立過戰功，又仗着自己手握兵權，根本不把小皇帝放在眼裏，處理國事也不願意與其他二位輔政大臣商量。

3 康熙帝十四歲時，開始親自執政，但鰲拜繼續把持朝政不放手，甚至誣陷輔政大臣蘇克薩哈，逼迫康熙帝把他殺了。

4 鰲拜成了康熙帝的心腹大患，他決心除掉鰲拜。於是，康熙帝藉口練習摔跤，派人物色了一批十幾歲的貴族子弟進宮。

5 鰲拜進宮時，看到這些少年在御花園裏摔跤，只當是孩子鬧着玩，沒放在心上。沒想到，康熙帝暗中給他們做了安排。

6 一天，鰲拜大搖大擺地走進宮時，宮門突然關了，一羣少年擁上來，拽手的拽手，拖腳的拖腳，將他綁起來。

7 擒住鰲拜後，康熙帝下詔宣布他的罪行，然後把他關進大牢，並清除了他在朝中的勢力。

8 從此，康熙帝真正掌握了朝政大權，他獎勵生產、懲辦貪污，使清朝漸漸強盛起來，但南方的「三藩」還是個威脅。

9 三藩是指靖南王耿精忠、平西王吳三桂、平南王尚可喜，他們都是投降清朝的明軍將領，因而被封為藩王。

10 這時，尚可喜給康熙帝上了一道奏章，說自己因為年老，想回老家養老，要求讓他的兒子尚之信留在廣東接替爵位。

11 康熙帝立即批准他告老還鄉，但廣東已經安定，不必再設藩王鎮守，因此要撤銷平南王府，爵位不能繼承。

12 這個答覆使三藩非常震驚。為試探朝廷的意圖，吳三桂和耿精忠聯名寫奏章，請求康熙帝將三藩都撤掉。

13 接到奏章後，康熙帝召集大臣討論，大家意見不一，有的主張撤，有的主張不撤，最後康熙帝決定三藩都撤，以除後患。

14 吳三桂原以為康熙帝會挽留，他就順水推舟留下來，沒想到康熙帝這樣決斷撤藩，於是他決定起兵造反。

15 公元1673年，吳三桂以反清復明為口號，在雲南起兵。他在西南一帶勢力很大，一開始打得很順利，一直打到了湖南。

16 吳三桂又給耿精忠和尚可喜寫信，約他們一起叛變。結果，三藩造反，歷史上把這件事稱為「三藩之亂」。

17 康熙帝一方面停止執行對耿精忠、尚可喜的撤藩命令，將他們穩住；一方面調兵遣將，阻擋吳三桂的進攻。

18 耿精忠、尚可喜一看到形勢對吳三桂不利，便投降了。隨著清軍越來越多，吳三桂的力量漸漸削弱，處境十分孤立。

19 經過多年戰爭，吳三桂身心俱疲，於公元1678年病逝。公元1681年，清軍攻佔昆明，三藩的叛亂終於被平定。

三征噶爾丹

康熙帝剛與沙皇俄國簽訂《尼布楚條約》，安定了北部與東北部的邊疆，西部又起了叛亂。

1 明末清初，中國北方的蒙古族分為漠南蒙古、漠北蒙古和漠西蒙古三個部分。後來，他們先後都歸順了清朝。

2 漠西蒙古有一個準噶爾（噶，粵音加）部落，噶爾丹當了首領以後，在沙皇俄國的唆使下，不斷向外擴張。

3 噶爾丹征服了漠西蒙古的其他部落，又攻打漠北蒙古。漠北蒙古的幾十萬百姓逃到漠南蒙古，請求清朝保護。

4 康熙帝一邊安撫、救濟難民，一邊派人到噶爾丹軍營，要求他退兵，把侵佔的土地、牛羊等財物退還給漠北蒙古。

5 噶爾丹自以為有沙皇俄國撐腰，不把康熙帝放在眼裏，不但不肯退兵，還以追擊漠北蒙古為名，向漠南進兵。

6 康熙帝見噶爾丹公然造反，於是召集大臣，宣布親征噶爾丹。公元1690年，康熙帝統領大軍，分左右兩路西征。

7 右路清軍由安北大將軍常寧率領，率先與噶爾丹交上手。結果，右路軍吃了敗仗，不得不後撤。

8 噶爾丹打到了離京師只有七百里的烏蘭布通。康熙帝下令右路軍停止後撤，迅速與左路軍會合，迎戰噶爾丹。

9 噶爾丹在山下佔據了有利地形，背後有樹林，前面有河流。他還將一萬多匹駱駝圍成圓陣，士兵在駝陣後發炮射箭。

10 清軍架起火炮，一陣猛轟後就將駝陣炸出一個大缺口。一支清軍一擁而上，另一支清軍則從背後夾攻。

11 噶爾丹吃了敗仗，連忙派了一個喇嘛去向清軍求和。借着這個空檔，他帶着殘兵敗將逃回了漠北。

12 噶爾丹在漠北招兵買馬，企圖捲土重來。康熙帝派使者去邀請他來講和，訂立盟約，他卻把使者殺害了。

13 由於噶爾丹拒不講和，康熙帝再次下詔親征，決定兵分三路前去鏟除葛爾丹。

14 出征路上，清軍有時糧草斷絕，有時在雨中行軍，康熙帝與將士同甘共苦，激發了將士的鬥志。

15 當手下向噶爾丹報告，說康熙帝率領的中路軍已到達火營前時，噶爾丹還不相信康熙帝會掛帥親征。

16 等他跑上山頭瞭望時，只見清軍兵強馬壯，黃色龍旗迎風飄揚。噶爾丹自知不是對手，立刻拔營西逃。

17 康熙帝趁勢追擊，並派人通知西路軍大將費揚古率截擊叛軍。

18 費揚古在昭莫多遇到了噶爾丹的主力，展開激戰，殺死數千敵人，噶爾丹卻再次跑掉了。

19 第二年春天，康熙帝第三次帶着大軍親征。噶爾丹眾叛親離，只得服毒自盡。歷經八年，蒙古草原上的騷亂終於被平定。

鄭板橋
揚州賣畫

鄭變（粵音：屑），號板橋。因為他為別人寫字、畫畫時，常常署上「板橋」二字，所以大家都習慣叫他鄭板橋。

1 鄭板橋是江蘇人，乾隆年間考中進士，當了濰縣（濰，粵音維）的知縣。他精明能幹，辦事公道，同情民間疾苦。

2 有一年山東鬧饑荒，濰縣百姓飢餓難忍，鄭板橋立即向州府報告，請求撥糧救濟災民。

3 但是報告發出了十幾天，州府的官員都不理不睬，他只好命令濰縣的財主將家裏的糧食拿出來，救濟老弱病殘的災民。

4 這樣一來，很多災民都活下來了，那些財主卻因此恨透了鄭板橋，私下到處告他的狀。

5 鄭板橋對官場腐敗現象深惡痛絕，不願意與上司同流合污。結果，上司向朝廷誣陷鄭板橋貪贓枉法，把他的官給罷了。

6 鄭板橋不以為然，當下備了三頭毛驢，一頭馱着自己心愛的書畫，一頭給小伙計騎着帶路，一頭自己騎，直奔揚州去了。

7 當時的揚州，已經成為一個繁榮的商業城市，有許多畫家聚集在這裏，以賣畫為生。

8 鄭板橋在揚州擺攤作畫，不在乎報酬的多少，窮人隨便給點東西，他便高興地給他們畫一幅小畫或寫一幅小字。

9 有個大鹽商很想要鄭板橋的畫，就派人給他送去一千兩銀子，求一幅真跡，可是遭到鄭板橋一口拒絕，鹽商很是懊惱。

10 這時，鹽商的一個師爺給他想出一個辦法，鹽商聽了十分高興，馬上依計行事。

11 這天，鄭板橋像往常一樣出城散心。他走到一片竹林，見竹林中有間茅屋，一個老人正在彈琴，旁邊有個家童正在燒飯。

12 老人見到鄭板橋，熱情地邀他進屋歇腳，喝杯酒再走。鄭板橋也不客氣，進去與老人一邊喝酒一邊閒聊。

13 當鄭板橋發現茅屋四壁空空時，便為老人畫畫。落款時，鄭板橋問老人姓名，發現他跟城裏的大鹽商同名。

14 老人解釋說是巧合，鄭板橋便落下題款當是酬謝老人的款待。後來，他得知大鹽商家裏掛上了自己的真跡，才發現上當了。

15 在思想傳統的人眼裏，鄭板橋行為古怪。人們把他和揚州城裏另外七位有相似風格的畫家，稱為「揚州八怪」。

曹雪芹著《紅樓夢》

乾隆時期，有一本叫《紅樓夢》的小說在京城裏流傳開來，它的作者是曹雪芹。

1 曹雪芹出身於一個貴族家庭，他的曾祖父曹璽（粵音：徙）得到康熙帝寵信，被派到南方當江寧織造。

2 曹璽死後，曹雪芹的祖父、父親又相繼接替這差使，一家三代前後做了六七十年的織造官，家世越來越顯赫。

3 但是，雍正帝即位後，曹家由於捲入一樁經濟案而失寵了。雍正帝不但革了曹雪芹父親的職，還下令查抄了他們的家。

4 那時候，曹雪芹只是個十多歲的孩子，看到家庭遭到這樣大的災難，幼小的心靈受到巨大打擊。

5 曹雪芹的父親丟了官，家道很快敗落，日子越來越不好過，他只好帶着全家回到北京老家。

6 後來，曹雪芹一家的生活更加困難，只好搬到北京西郊的一個山村裏居住。

7 他們住在幾間簡陋的屋子裏，日子過得十分清苦，有時候，糧食也不夠吃，只好熬點稀粥充飢。

8 曹雪芹住在郊外，接觸了一些窮苦百姓，再想起小時候家裏的豪華生活，不免產生了許多感觸。

9 後來，他根據他的親身體驗，決心要寫出一部反映當時社會生活的小說，那就是《紅樓夢》。

10 由於家裏窮困，曹雪芹連紙稿都買不起，只好將文稿寫在舊黃曆紙上。

11 一天，曹雪芹的一個好友前來探望，見他家裏什麼家具都沒有，就想把身上的銀子送給他，曹雪芹堅決不收。

12 後來，好友見到曹雪芹在用舊黃曆紙寫文稿時，真心請求要送給他一些筆墨紙硯，曹雪芹才接受了好友的幫助。

13 曹雪芹一寫多年，他以賈寶玉和林黛玉的愛情悲劇為線索，寫了一個封建貴族大家族從興盛到衰落的故事。

14 公元1763年，京城瘟疫橫行，曹雪芹的一個孩子生病死了，他因傷心過度病倒了。

15 幾個月後，貧病交加的曹雪芹離開了人世，他嘔心瀝血而寫的《紅樓夢》才完成第八十回。

16 曹雪芹去世後，《紅樓夢》以手抄本的形式，在京城漸漸流傳開來。

17 許多人讀了這本小說，又是讚賞，又是感動，但又覺得這樣優秀的作品沒有完稿，實在太可惜了。

18 有人續寫了後四十回，使《紅樓夢》成了一部結構完整的小說。關於續寫作者，很多人認為是文學家高鶚（粵音：岳）。

19 《紅樓夢》是中國四大名著之一。直到現在，國內外很多學者都在研究它，形成了一門專門的學問「紅學」。

乾隆六下江南

乾隆帝是一位很有作為的皇帝，他一生六下江南巡視，檢查沿途地方的治理情況。

1 江南山川秀美，經濟文化繁榮，乾隆帝為了了解民情，籠絡江南百姓的心，曾六次下江南巡視。

2 乾隆帝很重視水利工程建設，在六次南巡中，視察過黃河治理工程五次、浙江的海塘工程四次。

3 他也很關注農業和手工業生產，南巡要經過山東、江蘇、浙江三省，並多次減免當地的賦稅，鼓勵百姓種桑耕田。

4 乾隆帝途經岳飛等名將的陵墓和祠堂時，總要派人去祭奠，表示對他們的敬意。

5 江南地區的讀書人很多，他們聽說皇帝來了，紛紛趕來拜見，乾隆帝親自給他們出考題，破格提拔了許多人才。

6 對於沿途的退休老臣，乾隆帝會給予特別的優待。他們每次來迎駕，都會升一級官爵，以此拉攏這些做官人的心。

7 不過，乾隆每次南巡前，大臣都要先去勘察路線，修橋鋪路，建造行宮，地方官吏乘機勒索壓榨百姓。

8 另外,乾隆帝出巡排場也很大,每次南巡隊伍都多達上萬人,有大船一千多艘,馬六千匹,馬車四百輛,駱駝八百頭。

9 每到一處,地方官員要穿上官服迎駕,百姓要到現場排隊跪拜,南巡隊伍吃的、用的、喝的也要沿途各地事先備好。

10 南巡的排場越來越大,百姓的負擔也越來越重。一些正直的大臣上書勸諫停止南巡,乾隆帝卻把他們都處分了。

11 如此一來,朝中奢侈浪費、阿諛奉承的風氣更濃了,直接導致國庫枯竭,大清王朝開始從「康乾盛世」轉向衰落。

大貪官和珅

和珅（粵音：伸）是乾隆帝的寵臣，他一時風光無限，最後卻落得抄家自盡的結局。

1 和珅是滿族正紅旗人，公元1769年承襲三等侍衛，在皇帝出巡的車轎邊當差。

2 由於他眉清目秀、為人機靈，很快就被乾隆帝看中，提升為御前侍衛。

3 和珅很會察言觀色，處處投皇上所好，慢慢地乾隆帝竟然把他當作親信，從侍衛升到了大學士。

4 和珅掌握了大權之後，他把全盤心思都放在搜刮財物上，不但暗中貪污受賄，還敢公開敲詐勒索。

5 不僅如此，連地方官員獻給皇帝的珍貴貢品，和珅也會先把上等的截留下來，剩下來的才送進宮給皇帝。

6 和珅貪權好財，乾隆帝並非一無所知，他卻採取了包庇縱容的態度，後來還把女兒和孝公主嫁給和珅的兒子。

7 和珅跟皇帝攀上了親家，那權勢別提有多大了。一些朝臣和地方官員知道他的脾氣，就盡量搜刮珠寶去討好他。

8 乾隆帝做了六十年皇帝後，傳位給太子顒琰（粵音：容染），即嘉慶帝，和珅並不把年輕的皇帝放在眼裏。

9 嘉慶帝早就知道和珅的所作所為，他一直忍着，等乾隆帝去世後才把和珅關進大牢，並抄了他的家。

10 抄家時的場景讓人目瞪口呆，查抄的金銀財寶、綾羅綢緞多不勝數，價值白銀八億兩。

11 和珅最終被勒令自殺，而查抄出來的財產，都被嘉慶帝運進了宮內，所以民間流傳「和珅跌倒，嘉慶吃飽」的說法。

林則徐虎門銷煙

「康乾盛世」以後，清王朝開始走向衰敗，而西方資本主義國家迅速強大起來。

1 清朝時，朝廷嚴格限制海外貿易，廣州是當時唯一的對外通商口岸。

2 十九世紀，西方資本主義國家生產過剩，便想打開中國這個巨大的市場，然而他們的尼龍、棉布等商品在中國並不受歡迎。

3 造成這一現象的主要原因是中國的小農經濟能滿足家庭需求，進口商品沒有銷路，於是外國商人轉而向中國傾銷鴉片。

4 鴉片是一種毒品，會讓吸食的人上癮，吸食多了，人會變得骨瘦如柴、精神恍惚，嚴重的還會中毒死亡。

5 大臣林則徐看着大量的白銀流入西方人的口袋裏，全國染上煙癮的人越來越多，便向道光帝上了一份奏摺，請求禁煙。

6 道光帝看着林則徐的警告，終於意識到事情的嚴重性，於是，任命他為欽差大臣，前往廣州禁煙。

7 公元1839年，林則徐在廣州開展禁煙運動。外國煙販派洋行老闆伍紹榮去求見林則徐，並想賄賂他。

8 林則徐將伍紹榮痛斥一番，限煙販三天內交出所有鴉片，簽訂不再販賣鴉片的保證書，否則一律處死。

9 一開始，煙販還抱有僥倖心理，有的將大批鴉片藏起來，只上交一點點；有的乾脆打拖延牌，遲遲不肯上交。

10 林則徐為了震懾煙販，將一些耍花招的人抓了起來。這麼一來，許多煙販只好屈服，表示遵從林則徐的指示。

11 英國大煙販顛地是外國鴉片商人的頭目，手中還擁有走私武裝。他接到通知後，拒不配合，還躲在商館裏不出來。

12 林則徐一面封鎖了黃埔一帶的江面，一面派兵包圍了商館。廣州的百姓知道後，也自告奮勇參加巡邏。

13 商館斷水斷糧，顛地熬不下去了，不得不同意交出全部兩萬多箱鴉片。

14 林則徐派人在虎門海灘的高處，挖了兩個大池子，池壁有涵洞與大海相通。

15 六月三日，林則徐率領廣東大小官員前來監督銷毀收繳的鴉片，當地百姓也紛紛趕來觀看。

16 一箱箱的鴉片被投入灌滿海水的池子中，再倒入海鹽和生石灰，頓時海水沸騰，濃煙滾滾，鴉片全都溶解在水裏。

17 銷毀一批鴉片，沖刷乾淨後又投入另一批。虎門銷煙持續了整整二十三天。

18 林則徐在查禁鴉片的同時，還加強海岸的軍事防備，一邊修固和增築炮台，一邊招募水軍，組織團練*。

19 不過，林則徐在虎門銷煙後，引起英國不滿，拉開了鴉片戰爭的序幕。

*團練：古時的鄉兵。

太平天國運動

清朝後期，政治腐敗，社會黑暗，一場由洪秀全領導的農民起義因此爆發了。

1 洪秀全是廣東花縣人，他從小熟讀四書五經，可是花了十幾年時間，連續參加四次考試，都名落孫山，連秀才都沒考中。

2 一次，洪秀全偶然讀到了一本基督教的傳道書《勸世良言》，深受震動。

3 公元1843年，洪秀全和表弟馮雲山、族弟洪仁玕（粵音：肝）砸毀了村裏的孔子牌位，換上耶穌像，成立「拜上帝會」。

4 為了壯大力量，洪秀全等人離開家鄉，分別到各地去做宣傳，百姓被「平等自由、共享太平」的教義吸引，紛紛入會。

5 不到幾年的工夫，拜上帝會便發展到上萬名教徒，其中蕭朝貴、石達開、韋昌輝和楊秀清等人，成了會中骨幹。

6 這時，清政府對百姓的壓榨更為嚴重了，廣西又遭到空前的災荒。洪秀全感覺起義的時機已成熟，便發布了動員令。

7 很快，各地拜上帝會的會員都集中到廣西桂平縣金田村。洪秀全實行均產制度，還把青壯年編入兵冊，開展軍事訓練。

8 桂平的地方官聽到風聲，帶着幾百名清兵前去捉拿起義軍，卻被拜上帝會的壯士打敗。

9 公元1851年，拜上帝會全體會員集合在金田村韋氏宗祠門前的廣場，洪秀全宣布正式起義，國號太平天國。

10 在眾人的歡呼聲中，洪秀全發布了五條軍紀*，並將太平天國的杏黃大旗高高升起。

11 太平軍從金田村出發，轉戰各地。咸豐帝得到消息後，急忙派兵鎮壓，但是太平軍得到百姓的支持，越來越壯大。

*五條軍紀包括：一、遵守命令；二、男女分營；三、秋毫無犯；四、團結一致；五、打仗不能退縮。

12 不久，洪秀全自立為天王。太平軍攻克永安後，他封了東王、南王、西王、北王和翼王，初步建立起政權組織。

13 休整幾個月後，太平軍揮師北上，然後又沿着長江東下，一路勢如破竹，還不斷有百姓加入起義隊伍。

14 到了公元1853年，五十萬的太平軍攻佔了南京，洪秀全把這座六朝古都改名為「天京」，成了太平天國的首都。

15 太平軍又四處征戰，粉碎了清軍的一次次鎮壓。然而，太平天國的領袖開始貪圖享樂，爭權奪利。

16 公元1856年，太平天國發生了內訌，東王楊秀清、北王韋昌輝相繼丟了性命。翼王石達開為求自保，帶着大軍出走。

17 結果，石達開帶領的兵馬被清軍圍困，全軍覆滅。從此，太平天國由盛轉衰。

18 後來，清朝大將曾國藩趁着太平天國內訌，率兵攻下天京門戶安慶，並將天京包圍起來。

19 城裏的太平軍進行了長達兩年的抵抗。最終，太平軍糧盡彈絕，天京陷落，太平天國覆滅。

火燒圓明園

皇家園林圓明園建有一百多座宮殿樓閣，藏有無數金銀珠寶和文物，卻被英法聯軍付之一炬。

1 第二次鴉片戰爭爆發後，兩廣總督葉名琛（粵音：深）奉行「不戰、不和、不守」的策略，使到廣州落入敵人手中。

2 公元1858年，英法聯軍進犯大沽口，直逼天津。咸豐帝連忙派使者求和，同英、法、俄、美簽訂了《天津條約》。

3 條約雖然簽訂了，但是英國和法國侵略者還不滿足，再次挑起戰爭，於公元1860年攻陷了大沽口和天津。

4 他們還揚言要攻佔北京，咸豐帝慌忙帶着一批官員逃到熱河避難去。英法聯軍耀武揚威地進了北京城。

5 英法聯軍在北京城裏燒殺搶掠，無惡不作。當他們來到北京西郊的圓明園時，頓時被園裏的珍寶驚呆了。

6 他們開始瘋狂地爭搶寶物，有的往口袋裏裝金條金塊，有的用帽子盛寶石珍珠，有的脖子掛着翡翠項圈。

7 經過幾天的洗劫，園林裏的寶物能搬動的幾乎都被搶走了，搬不動的，則被他們用棍棒砸得粉碎。

8 聯軍把搶來的贓物直接拍賣，或運回英國、法國，進獻給英國女王和法國皇帝。

9 事後，英法聯軍為了掩蓋罪行，決定焚毀圓明園。十月十八日，三千多名英國士兵出動，在園內四處放火。

10 富麗堂皇的圓明園登時火光沖天，黑色的濃煙籠罩在北京城上空，遮天蔽日，大火一連燒了三天三夜。

11 這座舉世無雙，凝聚着中國人智慧和血汗的園林，化為焦土。清政府徹底屈服，與英國和法國簽訂了《北京條約》。

中日甲午戰爭

中日甲午戰爭是中國與日本之間的一場戰爭，清政府戰敗，簽訂了喪權辱國的《馬關條約》。

1 公元1894年，朝鮮國內爆發起義，朝鮮政府無力抗擊，請求宗主國*清政府出兵鎮壓。

2 一直關注朝鮮局勢的日本卻先行一步，趁機出兵佔領了朝鮮。日本軍艦還擊沉了中國駛往朝鮮的高升號運兵船。

3 無奈之下，清政府只得對日本宣戰，而日本政府同時向中國宣戰，中日甲午戰爭拉開了序幕。

167

*宗主國：當時朝鮮為清朝的藩屬國，清朝對朝鮮內政有一定程度的主權。

4 九月十七日，清朝的北洋艦隊與日本艦隊在黃海發生激戰。北洋海軍將領丁汝昌指揮船隊向敵人開火。

5 丁汝昌所在的定遠號軍艦衝在最前面。日本軍艦看見定遠號掛着帥旗，便集中火力對準它。

6 沒多久，定遠號的甲板和桅杆被炮彈擊中了，帥旗被打落，而丁汝昌也受了重傷。

7 日本軍艦又撲向北洋艦隊右翼的超勇號和揚威號，將它們擊沉。

8 致遠號在艦長鄧世昌的指揮下，縱橫海上，奮勇殺敵。在激烈的戰鬥中，致遠號受到重創。

9 這時，敵艦吉野號出現了，鄧世昌知道致遠號支撐不了多久，就加大馬力，朝吉野號開去，打算撞沉它。

10 幾艘日艦連忙開火救援，致遠號不幸被魚雷擊中，沉入海底。鄧世昌和艦上的兩百多名士兵壯烈犧牲。

11 黃海海戰後，北洋艦隊退到旅順港，修理軍艦。不過，到了軍艦修好，大臣李鴻章卻命令艦隊開到威海衛，不得出海。

12 當日本軍艦侵犯旅順時，丁汝昌請求率艦隊救援，卻遭到李鴻章臭罵。這樣一來，黃海的制海權落到了日軍手中。

13 第二年一月，日本派出二十五艘軍艦，大舉進攻威海衛。由於山東防務薄弱，威海衛的炮台很快被日軍攻陷。

14 盤踞在威海衛軍港的北洋艦隊也遭到日本艦隊的圍攻。將士在丁汝昌、劉步蟾（粵音：蟬）的指揮下頑強抵抗。

15 日本見強攻不下，便改用魚雷偷襲。定遠號被擊中，來遠號和威遠號被擊沉。

16 在連續多日的戰鬥中，定遠號的彈藥全用完了，陸路援兵卻遲遲不到，劉步蟾、丁汝昌不願投降，相繼自殺殉國。

17 在他們自殺後，威海營務處提調牛昶炳（昶，粵音廠）和北洋軍艦的外國顧問假借丁汝昌的名義，向日軍投降。

18 很快，日軍佔領了威海衛軍港，清政府苦心經營多年的北洋海軍全軍覆沒。

19 過了兩個月，清政府簽訂喪權辱國的《馬關條約》，同意日本提出的佔領台灣、賠款兩億兩白銀等一系列條件。

義和團運動

中日甲午戰爭後，帝國主義較強大的國家（列強）掀起了瓜分中國的狂潮，紛紛在中國境內搶佔租界，劃分勢力範圍。

1 公元1898年，德國把山東劃為自己的勢力範圍。這時，大批傳教士來到中國，僅在山東就建了一千多所教堂。

2 這些傳教士在當地組織武裝、霸佔田產、放高利貸，無惡不作。但外國人有領事裁判權，犯了事連中國政府也不能過問。

保江山 拿洋教

洋滅清興

3 傳教士的惡行引起了中國百姓的不滿。民間以朱紅燈為首領，秘密成立了一個叫義和拳的組織，對抗外國教會。

4 義和拳的成員多為貧民、手工業者、小商販等，勞動之餘他們常常在一起練拳習武，舞刀弄槍。

5 義和拳的勢力逐漸發展壯大，朱紅燈領導義和拳先後焚毀了多座教堂，得到百姓的擁戴和認可。

6 清政府撤了山東巡撫張汝梅的職，讓有「屠夫」之稱的毓賢（毓，粵音郁）接任，前去山東鎮壓義和拳。

7 因義和拳勢力太過強大，毓賢便轉而安撫他們，貼出告示，稱義和拳為義和團，承認它是民間團練。

8 於是，義和拳改稱義和團。得到官方的認可後，義和團發展得更快了，不久便遍布山東周邊各省。

9 隨着義和團發展壯大，教會與義和團之間的矛盾越來越深。教徒要是槍擊義和團成員，義和團就燒掉教堂。

10 公元1900年，義和團勢力發展至北京，他們頭紮紅巾，大搖大擺地走在街上。

11 北京前門外打磨廠一帶的鐵匠鋪，整天「叮叮噹噹」響，為義和團趕製兵器。

12 慈禧太后聽說這一消息後，十分害怕，秘密召董福祥進京剿殺義和團。

13 沒想到董福祥的軍隊一向同情義和團，很多士兵甚至加入了這個組織，立志要「剿除洋人」。

14 六月十一日，董福祥手下的士兵在永定門外殺死了一名日本使館的官員，局勢一下緊張起來。

15 外國列強不僅分兵駐守孝順胡同及附近教堂，還嚴禁中國人通過這些地方。

16 六月十三日，義和團排着隊從崇文門進城，駐守亞斯利堂的美國兵開槍掃射，打死打傷許多團民。

17 義和團憤怒了，一千多團民直奔亞斯利堂，點燒柴草，燒了教堂。接着，他們又放火燒了另外十所教堂。

18 為了報復義和團，英、法、日、俄、美、德、意、奧（奧匈帝國）的八國聯軍從天津出發，搭乘火車進逼北京。

19 京津鐵路沿線的義和團火速炸橋毀路阻擊敵人。聯軍好不容易才到達廊坊，又遭義和團突襲，只好逃回天津。

20 但聯軍很快攻陷了天津大沽炮台,繼續向北京推進。慈禧太后只得對聯軍宣戰,並鼓勵義和團抵抗外國侵略。

21 八月四日,八國聯軍湊了兩萬多人,再次進逼北京。義和團和清軍奮勇抵抗,卻沒能擋住他們。

22 八月十五日,北京被攻陷,八國聯軍到處屠殺義和團的人,劫掠財物,凌辱婦女,犯下滔天罪行。

23 慈禧太后在逃往西安的途中命李鴻章向八國聯軍求和,腐敗的清政府又簽訂了一份不平等的條約——《辛丑和約》。

詹天佑修鐵路

外國殖民勢力不斷深入中國，企圖全面控制中國的經濟命脈，一批有志之士要求保衛路權，自修鐵路。

1 詹天佑是廣東南海縣人，十二歲那年考上幼童出洋預備班，從此遠離父母，赴美留學。

2 在國外，看着一日千里的火車鐵路，有些同學對中國未來十分悲觀，詹天佑卻暗暗發誓：「中國今後也要有火車、輪船！」

3 公元1881年，詹天佑以第一名的成績從耶魯大學土木工程系鐵路專修科畢業，懷着發展鐵路事業的熱忱回到中國。

4 然而，他回國後卻被分到軍艦上擔任駕駛官，學非所用地做了幾年。他幾經周折才轉入中國鐵路公司，擔任工程師。

5 公元1905年，清政府決定興建中國第一條鐵路——京張鐵路。英國和俄國都想插手，但受到中國人民強烈反對。

6 在這關鍵時刻，詹天佑毫不猶豫地接下了這個艱巨的任務，擔任總工程師，全權負責京張鐵路的修築。

7 一些外國人公開挖苦詹天佑，說他不自量力，紛紛等着看中國人的笑話。

8 詹天佑下定決心，要為中國人爭一口氣。他帶着測量隊，騎着小毛驢，成天奔走在崎嶇的荒山野嶺上。

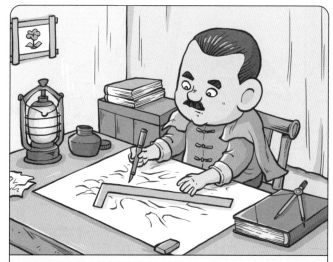

9 他白天測量，晚上還要伏在油燈下仔細地繪圖計算，常常一熬就是一個通宵。

10 京張鐵路從北京到張家口，全長兩百多公里。建設鐵路的所有工作都要依靠人力，沿途還有皇親國戚出來阻撓修建。

11 一些外國工程師經常以打獵為名，到山上窺探京張鐵路的進度。他們一心盼望着工程失敗，好奪取修築權。

12 居庸關、八達嶺的兩條隧道最難施工，詹天佑根據它們的特點，想出了兩種施工方案。

13 修隧道時，石塊靠人工以鋤頭挖下再挑出來，地下水也要一擔一擔地挑。不過由於施工方案合理，修建速度很快。

14 為了讓火車通過陡峭的八達嶺，詹天佑還設計了人字形路線：讓火車先駛往不太陡的坡，折返後朝另一個方向爬坡。

15 公元1909年，京張鐵路通車。這是中國首條不使用外國人員和資金，自行設計建成的鐵路，為中國人爭了光。

孫中山棄醫救國

眼看中國就要走到亡國的邊緣，以孫中山為首的資產階級民主革命派為挽救民族存亡而奔走呼號。

1 孫中山出生在廣東香山縣翠亨村的一個貧苦家庭，從小就喜歡聽長輩講有關太平天國反抗清朝的故事。

2 十二歲時，孫中山遠赴美國檀香山，並在哥哥的資助下進入當地教會學校讀書。

3 後來，他轉到香港學醫。公元1892年，他從香港西醫書院畢業，開始在澳門、廣州等地行醫。

④ 一天，孫中山外出行醫。路上，他看見幾個犯人正要被處決，犯人在淒慘地喊冤。

⑤ 孫中山急忙上前詢問監斬的官員是否審問過犯人。官員卻說：「這種人還用得着審問嗎？就算再多殺幾個也無妨。」

⑥ 聽了官員的話，孫中山非常氣憤，但是他又解救不了那些犯人，只能眼睜睜地看着他們被斬首。

⑦ 孫中山反覆思量，再想到中國自鴉片戰爭以來所遭受的種種屈辱，不禁有了棄醫從政、推翻清政府的念頭。

8 公元1894年，孫中山聯合二十多位華僑，在檀香山建立了中國第一個革命團體興中會，旨在驅逐韃虜，恢復中華。

9 公元1895年，清政府在中日甲午戰爭中節節敗退，更堅定了孫中山的決心。他來到香港，積極籌劃要在廣州起義。

10 半年後，孫中山決定於重陽節在廣州發動起義。然而，機密被洩露，起義人員剛乘船到廣州，就遭到了清兵的圍捕。

11 起義失敗了，孫中山被迫流亡海外。清政府懸賞一千兩捉拿孫中山，還派出大批密探跟蹤，伺機逮捕他。

12 公元1896年，孫中山來到英國倫敦，住在他的老師康德黎家裏。但他的行蹤被密探偵查到，並設計綁架了他。

13 清政府駐英使館還派人租了一艘輪船，準備等時機合適，就將孫中山裝在一個大箱子裏運回國內處死。

14 孫中山寫了許多求救信，但都沒能傳遞出去，直到第七天，才通過一個英國清潔工人將信送到了康德黎手中。

15 經過康德黎的努力，孫中山被捕的消息在倫敦各報刊上登出，英國政府迫於壓力，強制清政府釋放孫中山。

16 孫中山脫險後，閱讀了大量政治、經濟、軍事等方面的書刊，還深入考察歐洲的政治制度，思索推翻清朝的方法。

17 公元1905年，孫中山去了日本。他四處宣傳革命救國的理念，發展興中會，並結交了許多思想進步的外國人。

18 孫中山與華興會、光復會等反清革命團體聯合，建立了一個統一的革命組織，那就是中國同盟會，孫中山被公推為總理。

19 中國同盟會發行了刊物《民報》，公開提出「民族、民權、民生」的革命號召，有力促進了中國革命運動的發展。

辛亥革命

公元1911年，革命黨人發動武昌起義，由於這年是農曆辛亥（粵音：害）年，因此這次起義被稱為「辛亥革命」。

1 公元1911年，清政府宣布將民間修建的川漢、粵漢兩條鐵路收歸國有，抵押給英、德、法、美四國的銀行借款。

2 這種出賣國家和大眾權益的行為，引起全國民眾的憤怒，鐵路沿線的民眾紛紛成立保路同志會，表示反抗。

3 在成都，各界民眾更是罷市罷課、抗糧抗捐，四川總督趙爾豐開槍打死了許多抗議的羣眾，引起全國的動盪不安。

4 革命黨人看到起義的良機已經到了，主張在革命力量充實的武昌首先起義，其他省份同時回應。

5 眼看起義的時間越來越近，卻發生了一件意想不到的事情。十月九日，革命黨人孫武在裝備炸彈時不小心引起了爆炸。

6 此事很快驚動了清政府，當地官員立即下令封鎖城門，大肆搜查革命黨人。

7 新軍工程第八營革命黨代表熊秉坤（粵音：丙昆）挺身而出，召集各部開會，提出當晚就發動起義。

8 晚上七時，熊秉坤拔出手槍，朝天開了三槍，作為起義的信號。其他革命黨員按照約定一齊動手，起義終於發動了。

9 熊秉坤帶領一小隊人迅速佔領了武昌城內的楚望台軍械庫，獲得了大量的軍械彈藥補充。

10 左隊隊官吳兆麟被推舉為總指揮，他派人割斷清軍電話線，再去接應南湖炮營，其他士兵則分三路攻打總督衙門。

11 可是當炮營在蛇山陣地架好大炮，準備朝總督衙門開炮時，卻突然下起雨來，炮手看不清目標，無法開炮。

12 圍攻總督衙門的士兵只好強攻，但總督衙門守衛的火力很猛，導致革命軍傷亡慘重。

13 吳兆麟下令暫停進攻，然後派士兵在總督衙門的三面牆邊各點燃一堆火，指引炮兵攻擊。

14 蛇山上的炮兵得到指引後，朝着火光的方向連連開炮。總督衙門裏的守軍頑抗一陣後，渡江而逃了。

15 經過一夜苦戰，十月十一日清晨，革命軍攻下總督衙門，武昌起義告捷。

16 隨後，武昌附近的漢陽、漢口也被革命軍佔領，革命軍宣布成立中華民國湖北軍政府，頒布了《中華民國鄂州約法》。

17 革命領袖孫中山當時還在國外為革命事業奔忙，他聽到起義成功的消息，立即起程回國，以便領導革命運動。

18 十二月二十九日，孫中山被推舉為臨時大總統。公元1912年，孫中山在南京就職，正式宣告中華民國誕生。

19 二月十二日，宣統帝退位，統治中國兩百多年的清政府以及由古代延續了兩千多年的君主專制制度滅亡。

園丁文化

孩子愛讀的漫畫中國歷史
中華五千年故事④
宋、元、明、清

作　　者：幼獅文化
繪　　圖：磁力波卡通、魔法獅工作室
責任編輯：陳奕祺
美術設計：郭中文
出　　版：園丁文化
　　　　　香港英皇道 499 號北角工業大廈 18 樓
　　　　　電話：(852) 2138 7998
　　　　　傳真：(852) 2597 4003
　　　　　電郵：info@dreamupbooks.com.hk
發　　行：香港聯合書刊物流有限公司
　　　　　香港荃灣德士古道 220-248 號荃灣工業中心 16 樓
　　　　　電話：(852) 2150 2100
　　　　　傳真：(852) 2407 3062
　　　　　電郵：info@suplogistics.com.hk
印　　刷：中華商務彩色印刷有限公司
　　　　　香港新界大埔汀麗路 36 號
版　　次：二〇二四年一月初版

ISBN: 978-988-76896-9-0
Traditional Chinese Edition © 2024 Dream Up Books
18/F, North Point Industrial Building, 499 King's Road, Hong Kong
Published in Hong Kong SAR, China
Printed in China